LE TRIBUNAL VOLATILE,

OU

NOUVEAU JUGEMENT PORTÉ

SUR LES ACTEURS, ACTRICES, AUTEURS,

Et sur divers endroits publics de Paris.

PAR CH. R. C****U.

A PARIS,

Chez TIGER, Imprimeur-Libraire, Place Cambray, au Pilier Littéraire.

POUR L'AN XI.

PRÉFACE.

FAIRE une bonne critique est une tâche difficile à remplir : beaucoup l'ont entreprise, mais en insultant aux mœurs et à la vie privée de quelques auteurs estimables. Dans celle que j'entreprends, je ne veux que rendre justice aux talens, encourager celui auquel la nature a donné quelques moyens, et à qui le travail est nécessaire pour les développer, et conseiller à celui qu'elle n'a pas doué de ses dons, d'abandonner la carrière théâtrale, si difficile à parcourir.

Je n'y veux rien négliger, et y parler depuis le plus grand

théâtre jusqu'au plus petit même des cafés où l'on jou la comédie, des jardins e autres amusemens publics; y passer en revue les artistes et employés qui les composent, les auteurs qui travaillent particulièrement pour eux, et les peintres décorateurs, et autres.

Ce tableau général des artistes, ne pourra qu'être agréable et utile à mes lecteurs, et sur-tout à ceux des Départemens, qui pourront, en me lisant, connoître et apprécier les plus distingués de cette Capitale lorsqu'ils y viendront régler leurs amusemens, et juger de l'impartialité de la justice qui caractérise ma critique.

UNE JOURNEE
DE LA
CHAUSSÉE-D'ANTIN
ET UNE
DU MARAIS.

UN Rossignol, déserteur du quartier du Marais, habitant depuis peu celui de la Chaussée-d'Antin, se félicitoit de son nouveau domicile : quelle situation agréable ! quelle richesse ! que de beautés habitent ce séjour. C'est celui des Dieux, disoit-il en filant son ramage, je veux y rester toute ma vie. Tous les matins dès que l'aurore commence à dorer la superficie des maisons, j'invite par mes sons mélodieux tout le monde au réveil. Je suis le signal des amans : j'indique à l'un qu'il est tems de se dérober aux fureurs d'un mari dont on craint le retour ; à l'autre qu'une autre belle languit de le serrer dans ses bras. Je me conforme aussi aux habitudes de quelques petites maîtresses ; mon gosier n'est ouvert pour elles qu'à onze heures, moment de leur réveil ; chacune d'elles ouvrent leurs fenêtres, m'apellent, et mettent sur leurs balcons du biscuit, du sucre, et autres friandises : le tout pour le petit Rossignol qui les enchante si bien, et qui par la gaîté de son chant semblent ouvrir leur cœur dès le matin aux plaisirs et à l'amour ; elles me comparent à leurs amans ; elles voudroient me tenir ; mais j'ai garde de tomber comme eux dans leurs filets.

Quelle différence avec ce marais, à peine y avois-je mon nécessaire ! si je m'arrêtois près d'une croisée qu'entendois-je ? les plaintes et gémissemens d'une famille ruinée, les calculs d'un avare, les malédictions d'un rentier, la cupidité d'un marchand, la chicane d'un homme de loi, les raisonnemens faux de quelques politiques, enfin je n'y voyois que le tableau de la misère : je les étourdissois, disoient-ils, aucun de mes accens ne touchoient leurs cœurs navrés par la douleur; et quelques grains de chénevis ou de millet ne m'étoient offert que pour suspendre mon ramage. Il parloit ainsi comme vint le trouver jeune, gentille et langoureuse fauvette qu'il avoit abandonné: « Quoi, » lui dit-elle, ingrat, infidèle, tu » me délaisses ainsi que tes enfans; » sans desirs, sans ambition, nous

» passions dans ce marais, témoin » de nos premiers amours, des » jours heureux et tranquilles ! Là, » loin du tourbillon des plaisirs, » ma présence faisoit tout ton bon» heur, et tes enfans ta félicité ; » au lieu qu'ici tu suis le courant qui » t'entraîne et l'inconstance qui est » naturelle dans ce quartier ; vol» tigeant de belles en belles, tu » oublis près de chacune tes ser» mens et ton devoir. Renonces à » tous ces prétendus avantages que » tu trouves ici : suis ta bien-aimée, » celle qui ne peut vivre sans toi et » dont tu causeras le désespoir. » A ce discours notre Rossignol parut froid et incertain, et se débarrassant des caresses réitérées de la trop malheureuse Fauvette, répondit d'un air insouciant et suffisant : que maintenant connu à la Chaussée-d'Antin il ne pouvoit en sortir ; que mille beautés seroient tristes de son absence, et qu'il ne pouvoit pas décemment mettre en un instant tout le quartier en deuil ; puis dirigeant son vol vers un bocage, se déroba aux reproches de la Fauvette qu'il laissa morte et interdite ; revenue à elle, elle se promit d'abandonner le volage et s'en retourna dans le Marais : elle conta à plus d'une pierrette son aventure ; après mille conseils de vengeance, elle adopta le divorce : pour y parvenir elle y assembla le tribunal volatile ; le jour pris, l'audience se tint sur un des arbres du Boulevard du Temple, une multitude de pierrots y assistoient : elle étoit ainsi composée, d'un hibou pour président, d'un merle pour greffier, d'un sansonnet pour accusateur, de quatre corbeaux pour juges, et de deux pies pour défenseurs.

C'est ainsi que la Fauvette, en chantant cette romance, fit le récit de ses aventures :

ROMANCE.

LA FAUVETTE DÉLAISSÉE.

I.

HEUREUSE innocence,
Pure et douce Paix :
Chère indifférence
Où sont tes attraits ?
En vain par mes larmes
Mon cœur nuit et jour,
Rapelle tes charmes
Perdus sans retour.

II.

Près d'une fontaine,
Dessus un ormeau,
Ni chagrin, ni peine
Troubloient mon cerveau :
Là, toujours suivie
D'innocens desirs,
Je passois ma vie
Dans d'heureux loisirs.

III.

Près de mon branchage
Rossignol chanta,
Et par son ramage
Mon cœur s'ébranla.
Baiser plein de flamme
Se donna d'abord,
Promis à notre ame
Le plus doux accord.

IV.

Toute sa tendresse
N'étoit que pour moi :
Fier de ma promesse
D'obtenir ma foi
Hélas ! l'infidèle,
De faveurs rempli,
Me trouvant moins belle
M'a mis en oubli.

V.

Qu'ils sont agréables
Ces trop courts momens ;
Qu'ils seroient aimables
S'ils duroient long-tems !

Mais votre partage ,
Messieurs , par malheur ,
Est d'être volage
Au sein du bonheur.

V I.

Vous, amant volage ,
Reconnoissez enfin
De bien être sage
Quel est le moyen :
De femme chérie
Contentez les vœux ,
Et toute la vie
Vous serez heureux.

Le Rossignol n'étoit pas présent : le président envoya deux hirondelles le chercher à tire-d'aîles à la Chaussée-d'Antin où ils le trouvèrent filant les plus doux soupirs près de gentille tourterelle ; il fallut les interrompre pour suivre nos deux happe-chairs. Jamais voyage ne lui parut si long ; il n'avoit plus l'habitude l'habitude d'aller si loin : enfin ils arrivèrent. A son entrée un broua lui annonça que toute l'assemblée étoit déjà prévenue contre lui ; le président, ayant invité la secte volatille au silence, l'interpella de répondre en son ame et conscience aux diverses questions qui lui seront faites : ce qu'il promis en levant la patte. Il lui demanda pourquoi il avoit abandonné sa femme, ses enfans et le quartier qui l'a vu naître, pour aller vivre dans un où le vice, l'indolence et la perversion font leurs séjours habituels ? A quoi il répondit avec fermeté et courage : « Président, l'être isolé ne » peut subsister s'il ne se rappoche » de ses semblables ; le commerce » ne peut exister sans ce rappro- » chement. Si la Chaussée-d'Antin » est le centre des affairres et des » plaisirs, la richesse et l'abon-

» dance doivent donc s'y trouver. » Heureux ceux qui par leurs ta» lens ou leur industrie peuvent » y faire fortune! »

Mais à quel prix? répliqua le président, aux dépens de l'honneur, des mœurs et de la délicatesse; en élevant des maisons de prêt; des jeux de hazard; des banques frauduleuses et des commerces illicites; en affichant un luxe insolent pour insulter à la misère publique; souvent en abandonnant une femme respectable, des enfans qui réclament vos secours, pour vivre avec d'autres corrompues: ordinairement peu attachées et reconnoissantes. Quels avantages y trouve-t-on, si ce n'est ceux désavoués par l'honnêteté? « De bien grands, répondit » le Rossignol, dont je puis vous » donner une idée ainsi que de tous

» les plaisirs aussi charmans que » variés que l'on goûte dans ce charmant quartier, inconnus aux » tristes et indolens habitans du » Marais. Je puis vous en parler » savamment; apprenez comment » cela se comporte : les maris qui » font pour l'ordinaire appartemens à part, le matin reçoivent » leur monde, ou vont à leurs affaires ; les femmes, pour réparer » une mauvaise nuit, dorment jusqu'à midi, heure à laquelle on » annonce leur levé ; un négligé est » bientôt préparé ; on reçoit lettres » et bouquets ; on admet à déjeuner le soupirant préféré, lequel se contente de dérober » quelques baisers qu'on semble » lui refuser : il parle de modes, » de spectacles, de ce qu'il a fait » hier, de ce qu'il fera aujourd'hui : » le tout en faisant des pirouettes

» sur le talon et se regardant vingt
» fois dans la glace ; toujours la
» main soit à la cravatte ou à la
» culotte (c'est le genre). Arrive
» deux heures, madame fait un peu
» de musique ou sort pour des em-
» plettes ; le galant prend congé de
» la divinité et court rendre visites
» à quelques autres plus négli-
» geantes, ou passer un couple
» d'heures à la Roulette où il tâche
» d'emprunter de l'argent à quel-
» ques joueurs en veine. Enfin l'heu-
» re du dîner rapelle à la maison les
» maris qui sortent de la Bourse ou
» de leurs affaires, ils arrivent chez
» eux, bonne mine de la part de
» leurs épouses, la table bien servie,
» mets exquis, vins délicieux ras-
» semblent bientôt autour d'elle
» quelques intriguans et piqueurs
» d'assiettes qui viennent toujours
» au moment du dîner et qui ne re-

» fusent jamais une première invi-
» tation. On ne s'occupe en dînant
» que de savourer et de ne goûter
» qu'un peu de chaque plat et de
» faire l'éloge du cuisinier ; enfin,
» le café pris ainsi que l'eau-de-vie,
» car il faut dire que c'est aujour-
» d'hui la liqueur de nos petites
» maîtresses, on se prépare à aller
» au spectacle ; madame va faire sa
» toillette, monsieur reste avec le
» noyau de la société, parle de la
» hausse ou de la baisse des effets à
» la Bourse, des manques à gagner
» qu'il a éprouvé ; enfin, des nou-
» velles du jour, puis après du
» spectacle : on se décide à y aller ;
» il est sept heures, les chevaux
» sont à la voiture, les meilleurs
» amis y montent et profitent de la
» loge : il est d'usage qu'en y en-
» trant on regarde dans toutes les
» autres pour y remarquer les per-

» sonnes qui les composent, leurs
» mises et leur maintien. La toille
» est-elle levée qu'une lorgnette
» est bientôt braquée sur les acteurs
» qui entrent en scène : l'on en cri-
» tique le chant et le jeu, ainsi que
» le poëme et la musique de la
» pièce, et la toille tombe que l'on
» ne sait ce qu'on a vu et entendu,
» (c'est le bon ton); en sortant
» l'on reste long-tems sous le vesti-
» bule, sous prétexte d'attendre
» ses gens, afin qu'on vous y re-
» marque : vous montez en voiture
» et le cocher fouette pour Fras-
» cati, où étant arrivé on fait quel-
» ques tours des appartemens : il
» y fait trop chaud ; on en sort pour
» aller occuper une table dans la
» grande allée : madame veut un
» sorbet? non, plutôt une glace,
» on apporte l'un et l'autre : rien
» n'est frais : où peut-on cependant

» trouver meilleur ! mais il est du
» bon ton de ne jamais trouver rien
» de bon. Il est minuit, on se res-
» souvient que madame D***
» donne ce soir à souper, concert
» et bal des mieux composés ; on
» se décide à y venir passer quel-
» ques heures ; on remonte en voi-
» ture : à l'arrivée que de saluta-
» tions d'usage ; l'on regarde par-
» tout si l'on rencontre quelqu'un
» qui vous intéresse. Bientôt mon-
» sieur aperçoit une de ses an-
» ciennes flammes ; madame un
» amant qu'elle voudroit se faire,
» l'un et l'autre se dispersent et cha-
» cun fait son jeu. Madame valse
» avec son nouvel adonis, pendant
» ce tems monsieur, malgré tout
» le desir qu'il auroit de renou-
» veller connoissance avec sa beau-
» té surannée, tombe de sommeil
» et voudroit s'en aller : après la

» valse, il en témoigne le desir à
» son épouse qui prétend qu'il n'est
» pas assez tard : il veut insister,
» elle lui reproche de contrarier
» ses plaisirs et de lui ôter la
» moindre satisfaction. Le bon-
» homme attendri, et après quel-
» ques caresses de l'épouse chérie,
» convient avec elle que la voiture
» reviendra la chercher lorsqu'elle
» l'aura reconduit; le cocher mène
» monsieur grand train, pour re-
» venir chercher madame : pen-
» dant ce tems notre galant, exempt
» d'importuns, avance ses affaires;
» enfin, le bal fini, il reconduit
» sa nouvelle dulcinée à sa voiture
» en lui donnant la main; madame
» dit, comme par ressouvenir :
» mais, mon cher, il est tard, per-
» mettez que je vous reconduise;
» veuillez monter, je vous mettrai
» à votre porte (qu'on a bien soin

» de laisser passer) ; on feint de » gronder le cocher mal-adroit, » celui-ci accoutumé à ces petites » mauvaises humeurs, rentre la » voiture, met les chevaux à l'écu- » rie et ferme la porte : bon soir à » tout le monde.

» Voilà bien une journée de la » Chaussée-d'Antin : convenez, » président, que tout cela est char- » mant, non pas pour un hibou ; » mais bien pour un Rossignol dont » le gosier n'est ouvert que pour en » chanter les louanges et tous les » avantages ; ce qu'il y a de plus » agréable c'est qu'on peut y varier » journellement ses plaisirs et se » procurer tout ce dont on a » besoin.

« *Le Jardin Egalité* offre mille » dissipations diverses, les jeux et » les cafés y sont en grand nombre ;

» les femmes en abondance ; un » étranger, avec de l'argent, peut » en une matinée, se procurer des » habits les plus à la mode, montre, » bijoux, appartemens, laquais et » femme charmante, aucun pays » ne fournit cet avantage ; les es- » crocs y sont en permanence, » pour y attraper les dupes qu'ils » peuvent rencontrer : c'est au pro- » vincial à s'en méfier et tâcher de » les éviter, car vous y trouvez assez » d'oisifs qui sous le moindre pré- » texte, soit de politique ou d'af- » faires, ont bientôt liés conversa- » tion avec vous, qui se termine par » vous emprunter quelque chose : » ils ont un talent supérieur pour » cela. Les boutiques y sont bril- » lantes et assorties de tout ce que » l'art et le bon goût peuvent ima- » giner ; c'est enfin le séjour de l'a- » bondance, de l'opulence et des » plaisirs.

« *Le Boulevard des Italiens*,
» apellé le petit Coblentz, est la
» promenade à la mode, composée
» de ce qu'il y a de mieux à la
» Chaussée-d'Antin. Le soir vous
» y voyez mille beautés étalans
» leurs graces sur deux chaises,
» et qui s'y font remarquer par autant
» d'adorateurs petits-maîtres
» qui s'y réunissent de même : c'est
» ce qu'on nomme *le suprême bon*
» *ton*.

» *Le Jardin des Capucines*. On
» distingue dans cette enceinte les
» Panorama ; invention qui fait
» honneur à son auteur. Sans vous
» déranger de la Capitale, vous
» parcourez des yeux les villes et
» ports les plus éloignés. En face
» est le manège du C. Franconi ;
» il est fort bien situé et ne peut
» être que suivi : les fils de cet

» écuyer, ainsi que ses élèves, y » font, sur des chevaux, des tours » surprenans qui méritent l'atten- » tion et les aplaudissemens du pu- » blic. Dans le fond est un bal, » apelé Salon d'Apollon, composé » de quelques grisettes et commis » du quartier; quelques filles du » Palais-Egalité y vont sur le tard, » ne trouvant rien à faire au Prix- » Fixe, rue de la Loi; bal où se » réunissent tous les soirs ces de- » moiselles, ainsi que ceux qui en » sont amateurs, sous le prétexte » d'aller faire un passe-dix.

» *Les Thuilleries* sont maintenant » bien entretenues, la promenade » en est agréable; l'allée verte en » est le matin bien composée, soit » par des femmes charmantes; j'y » ai vu avec peine quelques femmes » à partie, et même quelques filles, » qui

» qui sous le voile, le maintien et » la décence d'une femme honnête, » s'asseyent comme elles sur les » chaises, ont soin d'en réserver » une de vacante près d'elles pour » engager celui que leurs charmes » attirera à s'y asseoir; bientôt la » conversation s'engage; il est » l'heure du dîner; on reconduit » madame, et la voilà prise pour » toute la journée.

» *Les Champs-Elisées* sont sou- » vent isolés; la promenade en est » agréable; l'homme honnête s'y » amuse les soirs à y voir des éco- » liers jouer à la bale, à la paulme, » et de vieux rentiers à la boule; » le philosophe y trouve la sollici- » tude couché mollement sur l'herbe » un livre à la main, pour y donner » un libre cours à ses réflexions, » sans être aucunement distrait, » ce qui est souvent fort commode.

» *Le Hameau de Chantilly*, ci-
» devant hôtel Bourbon, est un
» café et bal des plus agréable de
» Paris : vous y avez dans le jardin,
» promenade sur l'eau, balançoires,
» jeux de bagues, et autres amuse-
» mens.

» *Tivoli.* Pour celui-ci c'est le
» jardin des Dieux : c'est le lieu
» le plus enchanteur qui existe à
» Paris pour les plaisirs; tous les
» amusemens possibles vous y sont
» offerts ; jeux, danses, feux d'ar-
» tifices, même spectacle d'en-
» fans, pantomimes et combats
» exécutés avec précision par des
» artistes connus, sur-tout depuis
» que le C. Banneu administre cet
» établissement, il s'est restreint à
» des prix modérés, ce qui lui at-
» tire l'affluence tous les jours qu'il y
» donne fête. L'hiver il tient son

» bal à Longueville, place du Ca-
» rouzel, qui ne cède rien en amu-
» semens divers à celui-ci ; l'or-
» chestre y est fort bon, et les con-
» tredanses et valses y sont des
» plus nouvelles et bien exécutées
» par l'harmonie de la garde des
» Consuls.

» *Frascati* est le jardin que l'on
» peut citer être le mieux composé
» de Paris : l'excellence des glaces
» qu'on vous y sert a mis cet en-
» droit en renom, et maintenant
» la meilleure société s'y rassemble
» tous les soirs : tout vous y in-
» vite, le local et le jardin en sont
» des mieux décorés et illuminés ;
» souvent un concert enchanteur,
» exécuté par des premiers artistes,
» ajoute aux divers agrémens dont
» le C. Frascati embellit les fêtes
» qu'il donne et qui ne peuvent
» que lui faire honneur.

» Je crois n'avoir rien oublié de » tous les plaisirs et amusemens » que l'on trouve dans ce divin » quartier, et qui ne peut être » comparé à celui du Marais que » je vais essayer de mettre en pa- » ralèle, sans étaler à vos yeux » tous les charmes qu'ont les bou- » levards depuis la porte St. An- » toine jusqu'à celle St. Martin, » je m'arrêterai seulement à celui du » Temple, en y entrant vous voyez :

» *Paphos*, aujourd'hui apellé » *Hébé*, le jardin n'en est pas » grand et est peu agréable; car le » public préfère la rotonde pour y » danser et prendre les rafraîchis- » semens qu'il desire, qui n'y sont » pas toujours excellens. Ce bal » étoit dans son origine assez bien » composé, la nouveauté attire » toujours des curieux. Mais main-

» tenant il est le réceptacle de
» nombre de déseuvrés et hommes
» de mauvaise vie, de petites ou-
» vrières perverties et de femmes
» aussi laides qu'intéressées, qui,
» cependant, n'y font pas fortune;
» il y va, néanmoins, les dimanches
» et fêtes, quelques familles hon-
» nêtes pour y jouir de la danse et
» du feu d'artifice. Mais il faut
» pour faire revivre cet établisse-
» ment, que les administrateurs
» donnent de bonnes marchandises,
» aient des garçons honnêtes, et en
» chassent une certaine société qui
» en éloigne au lieu d'y inviter.

» *Le Café Turc*, tenu de père
» en fils, par le C. Emery, fut tou-
» jours composé par la haute bour-
» geoisie du Marais, et jadis des
» employés des vivres qui de-
» meuroient aux environs; l'on y

» joue au billard, au trictac, aux » échecs, aux dames : tous ces jeux » se jouent avec honnêteté et dé- » cence, et sur-tout avec désinté- » ressement; tout ce qu'on y prend » y est bon et à un prix modéré. » Le jardin est très-agréable et bien » décoré, vous pouvez y respirer » la fraîcheur sous le couvercle » d'une cinquantaine de petits ber- » ceaux ombragés et entourés d'ar- » bres les plus rares, sous lesquels » quelques couples amoureux se » dérobent aux yeux des impor- » tuns : mais en tout bien, tout » honneur. Ce café est tenu avec le » plus grand ordre et propreté, et » ne peut que faire honneur aux » soins du C. Emeri fils, que le pu- » blic sait reconnoître par l'affluence » qui y règne tous les jours.

» Sur le même rang est une allée » de promenade, le long de la-

» quelle est une rangée de chaises
» sur lesquelles sont le soir assises
» toutes les femmes surannées de
» ce quartier qui ont encore quel-
» ques prétentions, et à qui l'âge
» ne permet pas d'aller jusqu'à ce-
» lui des Italiens.

» *Le Café Godet.* Il fut jadis
» fort en vogue pour les bonnes
» glaces; maintenant elles sont
» aussi mauvaises que par-tout. On
» y distingue un fort bon orchestre.

» *Le Café Normand.* Deux Co-
» choises dans un comptoir. Vous
» regardez comment on nomme ce
» café? c'est celui des normands.
» Ah! je le vois bien, vous écri-
» riez-vous : s'il ne faut que se dé-
» guiser en divers costumes étran-
» gers pour attirer les curieux et
» les imbécilles, on verra bientôt

» tous les limonadiers et limona-
» dières en carnaval perpétuel.

» *Le Café de Nicolet* est une
» halle où toutes les marchandes
» du boulevard ont leur reserre,
» les bonnes d'enfans leur refuge :
» on n'y entend que cris et disputes ;
» ce qu'on y prend est détestable.
» Le maître de ce café pourroit le te-
» nir sur un meilleur ton, s'il vou-
» loit en exclure ceux qui s'en font
» un séjour habituel, et dont il ne
» retire que du crédit : on dit que
» c'est par trop de bon cœur de la
» part de la bourgeoise qui est fort
» estimable : mais elle pourroit
» mieux le placer.

» *Le Café des Arts*, ci-devant
» *Alexandre*, avoit été depuis long-
» tems ouvert et fermé tour-à-tour
» par le propriétaire, qui vient de-

» puis peu de s'associer avec un li-
» monadier pour l'aider à le tenir,
» depuis la perte qu'il a faite de sa
» femme : sur-tout ayant la fureur
» de vouloir jouer la comédie : pour
» cela il auroit dû, cependant,
» apprendre à lire et à parler fran-
» çois ; mais il faut qu'on s'en con-
» tente : on y joue le vaudeville,
» sur-tout des arlequinades, qu'il
» croit rendre mieux que Laporte,
» sur-tout lorsque Mlle. Manette,
» sa belle fille, joue la colombine.

» Le local en est très-joli et bien
» orné ; les petites décorations du
» théâtre en sont fraîches et bien
» dessinées ; les acteurs sont de
» toutes bonnes volontés, ont de la
» voix, et font ce qu'ils peuvent
» pour contenter le public de ce
» café, qui auroit tort d'être diffi-
» cile. Les marchandises n'y sont
» pas très-bonnes ; mais il faut

» bien payer, d'une manière quelconque, la musique et les acteurs.

» *Le Café de l'Ambigu* fut en tous tems bien composé ; le mari, dans les entr'actes du spectacle, ne rougit pas d'y amener sa femme et ses enfans s'y rafraîchir ; il y réunit des habitués honnêtes ; la barière y est le soir fort bien garnie. On y remarque tous les jours une société de trois aimables et jolies femmes, surnommées, l'une, la Désse des fleurs ; ses graces répondent à ce titre ; l'autre, celle du bon goût ; et la troisième, de la folie : c'est à qui leur présentera ses hommages : vous y voyez aussi quelques bourgeoises dont le cœur n'est pas tout-à-fait fermé aux soupirans, mais tout cela se passe le plus décemment du monde.

» *Le Café de la Victoire*. Cet en-
» droit est grand et assez bien dé-
» coré ; pour une bouteille de
» bière vous y voyez jouer la co-
» médie bien ou mal, peu importe
» pour la classe du monde qui y va.
» On remarque parmi les acteurs
» quelques-uns de nos grands théâ-
» tres qui végètent dans ceux-là : on
» y distingue un nommé Monrose
» et sa petite femme, qui pouvoit
» être mieux placé, il jouoit jadis
» aux Associés ; Mlle. Rène, ci-de-
» vant danseuse chez Nicolet ;
» Duprin, ci-devant aux Jeunes-
» Artistes. On y joue des pièces as-
» sez agréables de Guillemain et
» autres de nos modernes auteurs.
» Ce genre d'établissement ne peut-
» être que profitable et utile au
» peuple qui s'amuse tout en satis-
» faisant ses besoins.

Cafés de la Porte St-Martin : celui du caveau, dit du théâtre, est celui où vont ordinairement les employés subalternes du spectacle de ce nom, qui y sont plus à leur aise; quant à celui au-dessous du foyer, il est mieux composé, et fréquenté par les premiers artistes: la société y est choisie, et les marchandises fort bonnes; on y remarque quelques femmes habituées, sur-tout certaine couturière, ayant quitté le Café Nicolet, où elle passoit ordinairement les soirées: un peu usée dans ce dernier endroit, elle paroît maintenant toute neuve à celui-ci: Voyez ce que c'est que le changement!

Jadis les Boulevards étoient agréables, les jeudis sur-tout, composés par tout ce qu'il y avoit de mieux au Marais et les quartiers adjacens; les spectacles fréquentés par mille beautés et quelques petites

actrices,

actrices, qui y étalant tous les soirs leurs graces, y attiroient des jeunes gens qui rioient et s'amusoient avec elles, et quelques vieux libertins, auprès desquels elles savoient tirer parti de leurs charmes, de là naissoient des parties charmantes, que l'amour, les ris et les jeux embellissoient, et qui rendoient ce séjour le rendez-vous des soirées les plus aimables; mais maintenant, qu'y voit-on? quelques femmes dont les attraits sont passés, qui, atténuées par le besoin, ne parlent que misère, et qui attendent après un dîner ou un souper, et qui ne s'acostent d'un homme que pour lui soustirer honteusement ce dont elle a strictement besoin; quelques bourgeoises galantes, qui sacrifient leur honneur et réputation pour satisfaire les plaisirs qu'elles ne peuvent prendre au sein de leur ménage, et se procurer d'un époux économe et prévoyant; enfin, de ces petites actrices et danseuses, qui fréquentent les spectacles et cafés après qu'elles ont jouées et dansées, laissant ordinairement leur rouge, et presque le costume de leur rôle, pour qu'on ne se trompe pas sur leur profession, qui attendent après un chapeau et une robe pour mieux se faire valoir à la ville.

» Il est donc constant, que d'après » le tableau que je viens de vous fai» re de l'un et l'autre quartier, que » celui de la Chaussée-d'Antin est » préférable à celui du Marais. » Pardonnez-moi la vérité que j'ai » mise dans mes critiques, et » prononcez sur la question que » vous avez à juger, si j'ai dû » abandonner l'un pour habiter » celui que vous semblez con» damner? »

Le président ainsi que l'assemblée volatile, après des applaudissemens réitérés, ne savoient que répondre à l'éloquent discours de notre Rossignol. La Fauvette, cependant, demandoit justice du volage, et s'adressant au président, lui tint ce langage : Quoi ! de vains prestiges, de faux plaisirs, de vains agrémens, l'étalage de quelques prétendus avantages vous séduisent et balancent votre jugement. Qu'est ce brillant tableau de ce quartier de la Chaussée-d'Antin, auprès de la simple et tranquille vie du Marais. Exempte de remords et de vices, la mère au milieu de ses enfans, près de l'époux qu'elle aime, jouit bien mieux qu'au milieu du tourbillon de la mollesse et des plaisirs ; les caresses de ses enfans ne valent-elles pas les fausses adulations de quelques flatteurs aussi vils qu'intéressés? un sourire de son époux, celui d'une femme à son mari fait supporter les peines de la vie, et un baiser les fait oublier. Peu importe le quartier quand on est honnête et laborieux, chaque terre vous fait vivre, et chaque profession vous fait considérer quand on l'exerce avec honneur et probité, puis se retournant vers le Rossignol: Reconnois, cher époux, ton erreur; cette richesse, ces diverses ressources de prétendu bonheur t'ont éblouies: oublies-les, et crois qu'il n'y a de véritable félicité que près de celle qui vous aime, qui vous chérit et de ses enfans, ton cœur aussi pur que naturel n'est pas fait pour se corrompre: il en est tems encore, reviens avec celle qui ne vit que pour t'adorer; des larmes coulent de tes yeux en abondance; tu me regardes en verser aussi ; je vois ton repentir, tu es pardonné.

Le Rossignol volant près de la Fauvette, lui jura de ne plus l'abandonner, et de rester désormais dans le quartier du Marais, lieu de sa naissance et de ses amours.

L'audience alloit se etrminer, comme une risque s'éleva dans un des coins de l'assemblée, un sansonnet, à ce que j'ai su depuis, auteur d'une critique, vouloit encore s'exercer sur le plaidoyer de notre Rossignol, en disant à ceux qui l'entouroit : qu'il avoit bien fait le tableau des promenades et jardins publics, mais non des spectacles, des acteurs et actrices, et qu'il lui défioit de le faire aussi bien que lui. Le Rossignol l'ayant entendu ; répondit avec fierté : « tu n'es « qu'un sansonnet. » D'injures en injures on alloit en venir au bec, comme le président demanda que le tribunal se remis en place, et que la cause fut jugée. Les huissiers firent leurs devoirs; le plus profond silence régna bientôt, et le Rossignol commença ainsi :

» Un petit être ignoré dans la
» littérature, s'est mêlé de vouloir
» critiquer les meilleurs artistes,
» ne pas même accorder des talens
» à ceux qui sont reconnus en
» avoir par le grand tribunal de
» l'opinion publique. Vous con-
» noissez tous cette brochure in-
» signifiante, qui ne mérite que le
» mépris, puisse celle que je vais
» entreprendre, convaincre qu'une
» critique ne doit être dictée que
» par l'envie de corriger, et non
» d'aigrir. »

THÉATRE DES ARTS

ET DE LA RÉPUBLIQUE.

Ce théâtre, sans contredit le premier de l'Europe, fait, par la réunion des grands talens en tous genres qui le composent, la gloire du Peuple fançois. Où peut-on trouver un ensemble aussi parfait, une précision aussi grande dans l'exécution, et des artistes aussi consommés dans leur art. Pour le chant, les C. Laïs, Chéron, Rousseau et Lainez: Mesdames Maillard, Roussellois, mad. Branchu. Pour la danse : Vestris, Branchu, Goyon, Gardel, Milon, Beaupré, Aumer, Nivelon, Coulon; mesd. Saulnier, Miler, Vestris, Duport.

Les Mystères d'Isis, sont fort bien exécutés, le C. Chéron, particulièrement, y excelle dans le chant.

Sémiramis, mis en opéra par le C. Desriaux. Il falloit ce troisième opéra pour que cet auteur obtînt la pension : s'il n'a pas réussi à l'un, sans doute qu'il aura réussi à l'autre.

Le C. Gardel, aussi bon danseur que compositeur, a enrichi ce théâtre de divers ballets de sa composition, tels que le Jugement de Pâris, Psyché, Télémaque.

Le C. Milon, auteur du ballet des Nôces de Gamache et de Pygmalion, peut, par son imagination, être un jour un grand compositeur en ce genre, et rivaliser nos grands maîtres.

THÉATRE FRANÇOIS
DE LA RÉPUBLIQUE.

Ce théâtre, le temple de Melpomène et de Thalie, est le premier de l'Europe pour la tragédie et la bonne comédie; toutes les pièces de nos anciens auteurs, Corneille, Racine, Voltaire et Molière, forme le fonds de son répertoire. Quelques nouvelles de nos modernes peuvent souvent occuper la scène; mais le public en sait faire justice, et la rendre souvent à qui la mérite, tels qu'à Fabre-d'Eglantines, Collot-d'Harleville, et autres estimables.

La scène françoise réunie en ce moment généralement tous les artistes qui en sont vraiment dignes, les C. Talma, Lafond, Baptiste ainé et cadet, Fleury, Dazincourt, Dugazon, Champville, Berville,

Lacave ; Mesdames Raucourt, Contat, Emilie Contat, Mézeray, Suin, Vestris, Mlles. Bourgoin, Duchesnois et Legros. Ces trois dernières élèves, aspirantes aux emplois de premiers rôles, elles ont toutes trois les moyens d'y parvenir ; mais il leur faut une plus grande habitude de la scène, et les sages avis de leur instituteur.

Mademoiselle Georges, élève de mademoiselle Raucourt : cette débutante a de la beauté et un bel organe. Elle copie parfaitement son modèle, sans cependant l'égaler.

Il seroit à souhaiter que ce théâtre donna plus souvent des nouveautés, si elles ne valoient pas les anciennes pièces, cela changeroit au moins le spectacle et la bonté des recettes.

Sans vouloir épouser aucune querelles, je dois cependant entretenir le tribunal d'une qui existe entre plusieurs journalistes et ce théâtre. « L'écrivain qui, par une » critique amère, a mérité d'être ex» clus de son enceinte, crie à la ti» rannie, divise, par ses articles, » l'opinion de ses lecteurs, dérai» sonne, dénonce même, et de là » un esprit de faction s'élève par» mi ceux qui, au lieu de nous » peindre les ridicules de la so» ciété, n'offrent plus que les leurs » propres.

» Pourquoi cette lutte ? pourquoi » ce gand jeté parmi ces deux classes » d'hommes utiles à la société, » l'une pour l'intéresser, et l'autre » pour l'instruire ?

» Journalistes, devenez analy» seurs précis, historiens fidèles, » juges impartials, critique vraie » et indulgente, et aucuns sanc-

» tuaires de Melpomène et de Tha-
» lie, ne vous seront fermés !

» Lempire des lettres et des arts » appartient à tous ceux qui les » cultivent, pourquoi vouloir seuls » les gouverner, s'ériger en cen- » seurs uniques, et influencer le » public par des écrits dictés sui- » vans ses passions, ses goûts ou ses » desirs ? vous lui devez la vérité, » pour lui faire connoître et appré- » cier ceux qui méritent sa bien- » veillance. »

Le président mit les journalistes hors de cause, sur ce simple référé.

Molé vient de mourir, agé de 69 ans : c'est avoir bien vécu pour un homme de son état !

Il excelloit dans les fats et petits-maîtres du bon ton. Cette perte est d'autant irréparable, qu'il seroit difficile aujourd'hui de trouver des copies et modèles.

THÉATRE DES ITALIENS

ET FEYDEAU.

Le théâtre Italien, en se réunissant à celui de Feydeau, a fait cesser une rivalité nuisible aux arts, puisqu'ils jouoient tous deux le même genre (l'Opéra-Comique) et cette réunion ne peut qu'ajouter aux plaisirs du public et à leurs intérêts réciproques. Aussi voit-on marcher sur la même scène les C. Gaveaux, Gavaudan, Ellevion, Martin, Chenard, Lesage, Juliet et Dosainville; mesdames Scio, Philis et Pingenet: les répertoires réunis en offrent un plus varié au public.

Le C. Juliet, cet acteur de la nature, semble toujours gagner en vérité.

Le C. Gavaudan devient de jour en jour bon comédien.

Le C. Lesage est le meilleur niais que l'Opéra-Comique possède.

L'orchestre de ce spectacle est le seul dont la précision soit bien parfaite.

Les auteurs qui y travaillent particulièrement sont, pour les poëmes, les CC. Marsollier, Duval, St. Jus, Pigault-Lebrun. Pour la musique, les C. Daleyrac, Devienne, Lesueur, Gavaux.

Beaucoup de monde préfère l'ancien emplacement au nouveau.

OPERA BUFFA.

Ce théâtre est mieux situé dans le local des anciens Italiens qu'à celui de la rue Chantereine où il étoit précédemment ; il faut entendre l'italien, ou bien être amateur de bonne musique pour le fréquenter : beaucoup y vont pour ces motifs, et beaucoup d'autres par ton ; car on n'est pas du bon genre si on n'a pas vu *le nouvel Opéra Italien*, dont on n'a rien compris ; mais peu importe, l'on en parle toujours.

Cependant, vos sens sont charmés aux sons agréables de nos meilleurs chanteurs en ce genre, et des savantes musiques de Paesiello et Cimarosa.

On peut citer parmi ces artistes distingués : Rafanelli, Parlamesgni,

Martinelli, Saconi, Bisaghi, Lazerini.

Mesdames Rolandeau, Sevesti, Pellegrini.

Mais il manque à l'ensemble, M. Mandini et Madame Baletti.

THÉATRE LOUVOIS.

Ce théâtre, malgré la proximité des grands spectacles, peut encore se soutenir, sur-tout avec le genre que le C. Picard, qui en est le directeur, y a adopté : les variétés. En vain la pantomime et le vaudeville ont voulu y réussir, mais il a fallut toute l'intelligence et la bonne administration du nouveau directeur et les charmantes productions qu'il a offertes au public, qui voit en lui le Molière du jour.

Les provinciaux à Paris : n'en est-ce pas bien le tableau ?

La petite ville vaut bien la grande pour les ridicules.

Cet auteur, acteur et directeur, en continuant ne peut que faire honneur à la scène françoise, et s'acquérir une réputation méritée, digne de nos grands poëtes. Malgré toute l'envie qu'on lui porte aujourd'hui dans les journaux, qu'il peut regarder comme *le coup de pied de l'Ane*.

ACTEURS.

Le C. Dorsan, premier rôle, est bon comédien, il est aussi recommandable par son talent que par ses mœurs.

Le C. Devigny, premier amoureux, jadis au théâtre Feydeau, a le ton et l amabilité de son emploi.

Picard jeune, joue avec bien de l'intelligence les valets, son emploi: il est fort bon dans les caricatures.

Thiphaine, jeune amoureux, est un peu froid: mais son organe est agréable, et son jeu fort décent.

Clozel, jeune premier. Si cet acteur travailloit davantage, il seroit l'espoir du théâtre françois dans son emploi, il a tout pour y parvenir, organe, physique agréable; mais il paroît qu'il ne se sert de tous ces moyens que pour plaire aux belles ; auprès desquelles il parvient bien mieux.

Bosset a de la chaleur et de la diction ; mais il lui faut du travail.

Actrices.

Madame Molé, sœur du célèbre artiste de ce nom, joue les mères avec sensibilité.

Madame Blosseville fait autant de plaisir à ce théâtre qu'au Vaudeville, où elle étoit précédemment.

THÉATRE DE MOLIÈRE.

Ce spectacle, depuis son origine, n'a pu parfaitement réussir. Il fut d'abord administré par le C. Boursault qui le fit bâtir, et qui y fit quelques recettes avec le Château du Diable etc. C'étoit le genre alors à la mode ; depuis ce tems, il est à la merci des troupes ambulantes et des directeurs souvent peu stables et solvables. Un instant une troupe distinguée l'a occupé, parmi laquelle on y remarquoit le C. Martelly, le Molé de la province, le C. Sucrier, le C. Lecoutre et son épouse, Jean-Baptiste Ernest Vanhove. Le quartier regrette ces estimables artistes, qui ont mieux aimés abandonner cette salle que de s'y endetter. Que de directeurs et d'acteurs devroient suivre cet exemple ! combien ils gagneroient en estime et en moralité, ce qu'ils perdent souvent en obstination et en mauvaise manière de voir.

Maintenant un débris de la troupe attaché au Marais ci-devant, y joue les dimanches et les meilleurs jours de la semaine, la tragédie, la comédie de l'ancien répertoire. Le C. Chazet peut seul être cité comme comédien ; quant aux autres, sans ôter de leur mérite, je me dispenserai de les nommer.

THÉATRE DU VAUDEVILLE.

Ce théâtre, enfant de la folie et de la gaîté, soutient toujours sa réputation par les ouvrages agréables qu'on y représente, le bon ton et la décence qui y règnent. On peut y citer *Monsieur Guillaume*, joli vaudeville qu'on ne peut se lasser d'y voir. Allez voir Dominique Berguin avec ses enfans, Honorine, etc.

Les auteurs qui travaillent ordinairement et avec succès pour ce théâtre, sont les C. Piis, Barré, Radet, Desfontaines, Bourgueil, Année, Vieillard, Léger, Dubois. Ce dernier pourra un jour acquérir de la réputation : il a de l'esprit et tourne facilement un couplet.

Le C. Laporte continue à faire

des progrès dans les arlequins, et bientôt nous ne verrons plus en lui que Carlin.

Carpentier, jouant les Gilles, est toujours plaisant dans cet emploi. Nous lui conseillons de moins charger quelquefois.

Le C. Duchaume est un acteur consommé, qui a sur-tout de la vérité.

Le C. Henry, jeune amoureux, a, pour remplir cet emploi, amabilité et gentillesse; enfin ce qu'il faut pour plaire aux dames.

Le C. Fichet ne manque pas de talens.

Madame Laporte seconde bien son mari, dans les rôles de Colombine.

Madame Duchaume est fort intelligente, mais un peu maniérée.

THÉATRE MONTANSIER.

Ce spectacle est le mieux situé de Paris, dans l'enceinte de la réunion de tous les plaisirs et des affaires, et la première visite des étrangers : le Palais-Egalité ; tout concourt à sa réussite ; un charmant foyer, le temple de Vénus et de Plutus, où l'on voit tous les jours mille beautés venir implorer l'un et l'autre ; leurs vœux sont souvent exaucés par la visite des fils de ces dieux, sur-tout la gaîté des petits ouvrages qu'on y représente attire des enfans de Momus, et beaucoup d'autres pour se distraire de leurs occupations ou de leurs chagrins domestiques.

Il est administré par les citoyens Crétu, Amiel, Foignet, Simon et Cézar. Ces cinq directeurs sont parfaitement unis, chacun à leur tour tiennent un poste, sont régulièrement à leur devoir, et méritent de réussir dans leur entreprise. On peut citer parmi les charmantes pièces qui ornent le répertoire de ce théâtre, *La Prisonnière*; *La Pièce qui n'en est pas une*; *Le Bal de l'Opéra*; *La jolie Parfumeuse*. Ces trois dernières du C. Bonnel, qui tourne fort bien les couplets, qui a de l'esprit et qui devroit souvent s'en mieux servir. *Madelon*, du Cousin-Jaque; *Parchemin Cri-cri*, du C. Georges Duval, cet auteur a de la gaîté et de l'originalité, il fait fort bien le couplet, mais il puise ses sujets trop souvent dans la basse classe.

ACTEURS.

Le C. Brunet, naturellement doué par la nature d'un caractère niais, rempli bien, et sans effort, cet emploi.

Le

Le C. Tiercelin a si bien attrapé le genre arsouille, qu'il y réussit maintenant parfaitement. Chacun a son genre.

Le C. Frédéric, amoureux, a de la grace et de la tournure, sur-tout dans les petits-maîtres.

Le C. Dubois est un acteur consommé, il est d'une vérité étonnante dans tous ses rôles.

Le C. Xavier, amoureux, froid et sans moyens.

Le C. Mailleur, petit niais, dont le genre n'est plus neuf.

Mlle. Caroline, petite actrice remplie de finesse et d'intelligence, dont le gosier est aussi flexible que son ame paroît sensible : elle a la voix agréable, douce et sonore, et pourroit rivaliser avec nos premières chanteuses.

Mlle. Mongotzi. Cette actrice est belle femme, a de la tournure, du jeu et de la voix ; mais elle se sent de la fierté de sa beauté : elle n'a pas, dans ses rôles, cette sensibilité de cœur qui ajouteroit à ses charmes.

Madame Ferton, jouant les agnès, tient cet emploi avec intelligence, elle y fait toujours plaisir.

Mademoiselle Granger, ci-devant aux Jeunes Artistes, où elle jouoit les soubrettes : elle annonçoit beaucoup de finesse et de gaîté pour cet emploi.

Madame Baroyer, duegne, fort intelligente dans cet emploi.

Madame Quaizain est douée d'une ame on ne peut pas plus sensible, et dit bien.

THÉATRE DE LA CITÉ.

Ce théâtre dans son origine, administré par le C. Lenoir et le C. St. Elme, son neveu, qui l'on fait bâtir dans l'emplacement de la ci-devant église St. Barthelemy, n'a pas été toujours très-heureux. Cependant ce spectacle n'est pas mieux situé, près de la rivière, dans un quartier bien peuplé et ayant peu de pareils établissemens à proximité; on y a joué avec succès des pantomimes. Le C. Ribié, qui en a été un tems directeur, a été obligé d'y renoncer; cependant qui mieux que lui pouvoit le faire valoir? les chevaux de Franconi y ont fait quelques recettes sous l'entreprise du C. Hapdé, qui est un de ceux qui a le mieux remplis ses engagemens envers les employés de ce théâtre. Il a été aussi

F 2

entre les mains du C. Camaille St. Aubin, dont le nouveau procédé d'administrer, aussi fou qu'extravagant, a échoué ; il a été loué à des parties détachées, composées de mauvais comédiens, les mêmes qui courent depuis deux ans de salle en salle vacantes ; ils ont à leur tête le C. Rémond, marchand de bois, homme aussi inepte en spectacles qu'il en a la fureur ; c'est lui qui fournit aux frais des représentations du jour ; mais une nouvelle Administration, en règle, à la tête de laquelle on cite un homme fort intelligent (le citoyen Lenoir Saint-Elme), doit donner à ce théâtre toute la splendeur dont il est susceptible. Cependant l'ouverture de ce spectacle n'a pas été marqué par un succès brillant ; mais l'Administration devoit s'y attendre en débutant par le *Siège de la Rochelle*, mélodrame en trois actes, du citoyen Béraud. Le public n'aime pas à voir sur la scène des discussions de religion, tel but moral ou telles bonnes maximes qu'on puisse y répandre : l'agréable peut seul l'amuser.

Honneur et indigence, drame en trois actes, traduit du théâtre allemand de Kotbuc, par feu Patrat et Veill. Cette production ne cède en rien en intérêt et en sensibilité à Misantropie et Repentir, aussi le Public l'a-t-il fort bien accueilli.

Drelindindin : vaudeville en un acte, des citoyens Henrion et Servière : on y reconnoît bien les niaiseries d'Henrion et l'esprit de Servières.

ACTEURS.

Le C. Devilleneuve est le seul que l'on puisse citer à ce théâtre comme vrai comédien : sa diction est pure, et son jeu noble et facile.

Le C. Langlade, seroit meilleur dans la pure pantomime que dans le mélodrame: cependant, il a du feu et de l'expression.

Le C. Armand Verteuil: cet acteur qui a de la réputation en province; est un vrai comédien, il joue fort bien la haute livrée.

Chevalier, cet artiste, ne peut qu'être placé dans la pantomime, où il fait plaisir.

Darcourt, ci-devant à Feydeau, il ne dépare pas ce spectacle.

Armand, niais froid.

Chateauneuf, ne manque pas de talens.

Galimard, mauvais gestes et dictions.

ACTRICES.

Madame Potier, soubrette, fine et intelligente, est une actrice consommée.

Madame Armand, dit bien, mais elle est un peu trop langoureuse dans ses rôles.

Mademoiselle Rivet devroit s'en tenir aux amoureuses, et non prétendre aux premiers rôles, à moins qu'elle ne travaille sa diction.

Madame Desarnoult peut faire plaisir dans la pantomime.

Quant aux autres, le public a sut les juger.

La veillée, attenante audit spectacle, et dirigée par les mêmes administrateurs, vient d'ouvrir. Ce local charmant offre, en décors, un printems perpétuelle, des labyrinthes agréables, où deux amans peuvent un instant s'égarer ; mais les sons mélodieux d'une orchestre bien dirigée, les rassemblent bientôt dans une rotonde aussi vaste que commode pour la danse.

THÉATRE

DE L'ANCIEN OPÉRA.

Ce theâtre a été vendu par le gouvernement aux Cns. Jean Rousseau et Duga, à la charge d'y établir un spectacle. On y joue principalement des mélodrames, des pantomimes de l'Opéra-comique et du Vaudeville. La salle, est une des mieux coupées et des plus jolies de Paris; les premières loges sont très-bien distribuées et font ressortir les charmes de ce beau sexe qui fait le plus bel ornement d'un spectacle : aussi attire-t-elle le public, aussi curieux de la voir que de connoître les artistes qui débutent chaque jour. La troupe est nombreuse; et à Pâques débutera-t-on peut-être encore;

jusqu'à ce jour, nous ne connoissons que les CC. Dugrand, Révallard, Adnet, Bignon, Melcourt, Vigny, Duplessis, Rousseau, Mazilly, ce dernier a eu de la réputation dans les basses tailles et rôles à tablier; malgré sa taille peu avantageuse, je puis citer un à-propos qui ne peut que lui faire honneur: il jouoit dans *les Trois Souhaits*, comme il les avoit à son choix, il dit que s'il en avoit un quatrième à faire il demanderoit avoir deux pouces de plus: le public saisit cette occasion pour lui prouver, par ses applaudissemens, que le mérite ne se prenoit pas à la taille. Mlles Duplessis, Julienne, Avolio, Aglaée, Gavaudan, Rosine, ci-d. à Feydeau.

Pizare, mélo-drame, en trois actes, du C. Guibert Pixerecourt. Cette pièce, qui a été faite pour les décors d'un ancien Opéra, intitulé aussi *Pizare*, a gênée le génie de son auteur, car il a fait un corps pour les habits ; cependant, le charme du spectacle, les costumes, les décors, les charmans ballets, la rendent encore fort agréable et supportable.

On doit des éloges à la composition de l'orchestre, qui exécute avec précision, et sur-tout au citoyen Blasius, dont le talent, pour conduire, est connu.

Le calcul de la vie : comédie du citoyen Legros ; cet auteur a souvent mieux calculé.

Ecbert : mélodrame en 3 actes, des citoyens Plancher Valcourt et Leblanc, musique de ce dernier ; la beauté et la fraîcheur des costumes et décors ne cède en rien à Pizarre ; quant aux poëmes ils peuvent aller de pair : les ballets sont très-bien dessinés par le citoyen Aumer ; la musique en est harmonieuse, sur-tout un air fort agréablement chanté par un Barde.

Point de bruit : opéra en deux actes ; cette pièce n'en fera point.

Le Sourd et l'Aveugle : opéra en deux actes, de feu Patrat, musique du citoyen Marc, joué jadis en comédie au théâtre Louvois, en un acte, certes avec plus de succès. Pourquoi vouloir renchérir sur cet auteur estimé ; il s'y connoissoit, et savoit mieux que personne ce que son sujet pouvoit comporter.

Les Jeux d'Eglé, balet pantomime du C. Dauberval, monté avec soin par le Maître de ballet : c'est ce qu'on a donné de mieux

jusqu'à

jusqu'à ce jour à ce théâtre, qui n'est pas heureux dans son choix.

ACTEUR.

Dugrand, premier rôle : cet acteur a de la réputation en province, et le mérite à tous égards.

Adnet, premier rôle, a tenu cet emploi chez Ribié, à Louvois et à l'Odéon, et depuis en province, où il en a rapporté tout le caractère et la morgue ; à ce théâtre il faut jouer le mélodrame, genre qu'il a adopté, et non le glorieux.

Revalard : si cet acteur avoit plus d'érudition, et qu'il voulût écouter les conseils, il feroit par la suite un comédien ; ses gestes sont trop forcés et sa diction trop forte, il épouvante au lieu d'intéresser.

Bignon peut tenir la haute livrée ; mais il excèle dans les caricatures d'huissiers et de vieux auteurs.

Devigny, a la voix fraîche et agréable.

Melcourt : ce jeune acteur est très-plaisant, dans les niais, et charge vraie dans les caricatures, mais il faut bien savoir le placer.

Duplessis, mince talent, qu'on peut encore supporter.

Rousseau, comédien consommé.

Mazilli : deux mauvais rôles qu'il a joué, n'ont pu encore le faire apprécier.

Valliere, (ci-devant à Feydeau) n'a pas perdu de sa gaîté et de la vérité qu'lil met dans ses rôles.

ACTRICES.

Madame Duplessis, peut fort bien jouer le grand répertoire, et non le mélo-drame.

Julienne (ci-devant aux Jeunes Elèves) six mois de province ne l'ont pas rendu meilleur.

Aglaée Gavaudan ; joli physique, voix claire et sonore, dont le jeu plus perfectionné, fera une charmante actrice.

Rosine (ci-devant à Feydeau) quoiqu'un peu surannée, a encore la voix fraîche, et le jeu fin et facile.

Avolio ou Bailli : talent peu remarquable, et voix ordinaire. On pourroit lui conseiller de faire moins de grimaces en chantant.

S'il falloit parler de tous ceux qui composent ce théâtre, ce livre ne suffiroit pas, puisque l'on compte au moins deux cents: et ce n'est pas étonnant. Les directeurs voulant sans doute être à même de présenter, à Pâques, au public, un choix d'artistes digne de lui être agréable, ont engagé tous ceux qui se présentoient. C'est une petite école que font ordinairement les nouvelles administrations. Puisse-t-elle leur être profitable, d'après le desir qu'ils paroissent montrer de monter de meilleurs ouvrages, et y mettre l'ensemble et la précision qu'exige le succès d'un si bel ètablissement.

AMBIGU COMIQUE.

Ce spectacle a la vogue en ce moment, et le mérite à tous égards ; la bonté des ouvrages qu'on y représente, l'ensemble qui y règne, la précision avec laquelle ils sont montés, la fraîcheur des costumes et décorations, les agréables ballets qui les ornent ; tout, enfin, ne peut que faire honneur à la sage et savante administration du C. Corse, directeur de ce théâtre, aussi modeste et aussi ami avec tous ses pensionnaires, qu'il est prévoyant et sevère avec eux pour le devoir.

ADMINISTRATION.

Le C. Corse, directeur.
— Lebel, régisseur.
— Puissaye, caissier.
— Hennequin, secrétaire.

Parmi les charmans ouvrages qui ornent le répertoire de ce théâtre, on peut citer les suivans :

Cœlina, ou l'Enfant du Mystère, mélodrame, en trois actes, du C. Guibert Pexerecourt, c'est le meilleur qu'on ait fait sur le roman du C. Ducray-Dumesnil; il fait honneur à la plume de ce jeune auteur, qui prouve de l'érudition, beaucoup de génie, et une grande connoissance de la scène.

L'Homme à trois visages, mélodrame en trois actes, du C. Guibert Pexerecourt. Cette pièce est bien écrite, mais il existe une invraisemblance au troisième acte: c'est lorsque Mlle. Lévesque sort d'un décors pour rentrer dans le même, au quatrième, annonçant cependant devoir être un autre lieu.

Maria: salmigondi de mille et une pantomimes.

Les Hommes de la Nature, pantomime, en trois actes, du C. Cuvelier, est très-froide malgré toute la chaleur que peut y répandre Mademoiselle Pauline, première danscuse, dans le rôle qu'elle remplit avec intelligence.

Madame Angot à Constantinople, pièce à spectacle, en trois actes, du C. Aude, a eu beaucoup de succès et sera toujours vue avec plaisir, lorsqu'elle sera jouée par le Citoyen Corse. Cette pièce a de l'originalité et remplie de saillies heureuses; elle est sur-tout bien charpentée, ce qui est rare dans les pièces de son auteur qui n'a ce talent.

Le Pélerin blanc, mélodrame, en trois actes, du C. Guibert Pexerecourt. Cette pièce est bien écrite, des traits de sensibilité y sont répandus; mais la scène du poison est connue, elle est la même que celle dans *l'Enfant du Mystère*, pantomime donnée à la Cité. Quand la mère tourne le guéridon, il faut que le C. Guibert Pexerecourt, assez riche en imagination, se défasse de ses petits plagiats.

Le Tribunal Invisible, mélodrame en trois actes, du C. Cuvilier : cette pièce est extravagante, et dénote un cerveau dérangé; c'est un délire d'imagination ; car l'institution du tribunal invisible avoit un but plus moral que celui qui existe dans l'ouvrage du C. Cuvilier, puisqu'il épioit secrètement la conduite des grands qui abusoient de leur pouvoir pour les en punir. Cet auteur a cependant du génie ; sa *Fille Hussard* est un chef-d'œuvre de pantomime, nous lui en devons encore d'agréables ; telles que la *Mort de Turenne*; *C'est le Diable* ou *La Bohémienne* : dans cette dernière il eût été à souhaiter que le diable ne se fût attaché au comte de Munster, qu'après qu'il eût été parricide, et non dès son enfance pour lui faire commettre exprès des crimes, car qui peut résister à une puissance secrette, il n'est vis-à-vis du public qu'à plaindre ; au lieu qu'il eût été condamnable, et le but de moralité eût été rempli en montrant que dès le crime le diable s'empare du méchant, et qu'il ne prospère plus. Le C. Cuvilier nous pardonnera cette critique, qui ne lui ôte, en aucune manière, le mérite et l'estime qu'on lui accorde.

Le Jugement de Salomon, mélodrame en trois actes, à spectacle, du C. Caigniez : cette pièce est celle qui ait attiré plus de monde à l'Ambigu, elle fait honneur au choix du C. Corse, et à la plume de son auteur, et ne cède rien à *La Forêt enchantée*; le style en est pur, et les situations ménagées avec art jusqu'à la scène intéressante du jugement.

Le C. Caigniez, homme aussi instruit que modeste, étoit jadis dans l'obscurité, pouvoit à peine obtenir une lecture. Directeurs de spectacle ne rebutez jamais ceux que vous n'avez pu apprécier!

La Femme à deux Maris, du C. Guibert Pexcrecourt, ne cède en rien à ses autres productions, et sur-tout à attirer le public. Le style de cet ouvrage est pur, et les situations en sont agréables. Le C. Martin a bien saisi, dans cette pièce, le vrai costume de son rôle, d'échappé des prisons, ainsi que le C. Defresne.

Lidia de Semours ou *l'injuste Divorce*, mélodrame en 3 actes, cette pièce est froide, et sans la manière dont elle est jouée, les décorations et ballets, elle n'eût pas fait fortune.

Le Mariage par enterrement, vaudeville en 1 acte du C. Henrion : le public n'en a fait qu'un convoi.

Esther, mélodrame en trois actes des citoyens Plancher-Valcourt et Leblanc, musique de ce dernier : cette pièce, dont la meilleure prose est tirée des vers de Racine, n'auroit pas eu de succès sans la précision et la manière agréable dont le citoyen Corse monte les ouvrages qu'il offre au public ; car peu nous importe les discussions de parti de religion, etc. qui n'offrent aucun intérêt qui flatte le spectateur. Le rôle de roi auroit dû être joué par le citoyen Tautin et non par le citoyen Vignau, poupée trop manièré pour un si noble emploi ; et celui d'amant au citoyen Defresne au lieu du citoyen Tautin, qui, malgré qu'il répugne à son caractère, en tire le plus de parti possible, il n'y a cependant pas les applaudissemens qu'il reçoit ordinairement du public, il ne faut donc pas se dissimuler que le rôle influe sur lui : ainsi, pourquoi mettre un acteur, en possession de ses faveurs, hors d'état de se les continuer, malgré tout son mérite.

ACTEURS.

Le C. Tautin ; cet acteur est

consommé à la scène, mais il faut qu'il s'abstienne de parler quelquefois aussi vîte, ce qui embrouille sa prononciation ; il a de la prestance et une bonne tenue, sur-tout beaucoup d'intelligence dans tous les rôles qui lui sont confiés.

Le C. Joigny : il seroit à souhaiter que le physique de cet acteur répondît à son âme, il est vraiment comédien, et disant on ne peut mieux ; il devroit se tenir moins engoncé et se développer davantage, sur-tout dans le mélodrame, genre qu'il doit s'habituer à jouer à ce théâtre.

Le C. Corse : son talent est connu, et en a prouvé dans des rôles autres que ceux de Madame Angot. On peut dire à sa louange, que malgré qu'il soit Directeur il se charge souvent des plus petits, et dont on lui sait gré ; ce que font rarement les Directeurs-Acteurs.

Le

Le C. Laporte a de l'intelligence, et sur-tout de l'érudition.

Le C. Raffille, cet acteur a bien fait de quitter l'emploi des amoureux qu'il tenoit à Feydeau et chez Montansier, pour prendre celui des comiques qu'il remplit avec intelligence à l'Ambigu : il a de la gaité et du naturel ; il est bon musicien, et l'Administration n'a pu faire une meilleure emplette, tant par son talent que par ses qualités morales.

Le C. Dumont joue les pères sensibles avec vérité et intelligence ; il faut savoir le bien placer.

Le C. Defresne, jeune premier, assez agréable, ayant de la chaleur, mais peu de moyens, ce qui nuit à ce qu'il exprime aussi bien qu'il sent.

Le Bel, père noble, on dit que cet acteur a fait jadis grand plaisir aux Variétés, où il jouoit les amoureux, mais qu'une paralysie subite a changé en un instant son physique et son organe; il est fort bon régisseur.

Le C. Thibouville, petit amoureux; ce jeune acteur joueroit mieux s'il jouoit moins.

Le C. Platel, petit niais, sans gaîté ni physique.

ACTRICES.

Mademoiselle Lévesque : cette actrice a beaucoup acquis depuis son entrée à l'Ambigu, elle est aussi bonne mime que comédienne; elle dit purement, et sait sur-tout bien exprimer la sensibilité et la tendresse maternelle (dans le Jugement de Salomon elle est bien la vraie mère.)

Mademoiselle Bourgeois; je ne sais si cette actrice en a le ton, mais elle a bien la tournure d'une cuisinière.

Madame Corse : cette actrice, femme du Directeur, joue les

duegnes avec intelligence et seconde parfaitement son mari.

Mademoiselle Planté: cette jeune personne, jouant les petites amoureuses, a l'organe agréable, elle annonce des dispositions ; mais il faut qu'elle se défasse de cette roideur nuisible à la scène.

Madame Dacosta, jouant les soubrettes: lorsqu'elle étoit Mademoiselle Bolzé, aux Jeunes Artistes, elle annonçoit de la finesse et de la gaîté ; le mariage a sans doute rembruni son caractère.

Mademoiselle Louise: cette grande et jeune personne a eu tort de quitter la danse où elle auroit sans doute fait plus de progrès que dans la comédie, sur-tout n'ayant pas une diction très-pure.

DANSE.

Mademoiselle Pauline, première danseuse, a beaucoup acquise depuis deux ans ; il seroit à souhaiter qu'elle prenne en grandeur ce qu'elle prend en grosseur.

Le C. Vincent, premier danseur, il est dommage que ce jeune homme n'ait pas quelques pouces de plus, il a de la grace et du jaret.

Le C. Morand, deuxième premier danseur, annonce des dispositions; il est bien fait, doué d'un physique agréable, a de la grace et beaucoup d'à-plomb; il peut faire un jour un fort bon danseur.

Le C. Quezain, maître de musique de ce théâtre, auteur et arrangeant la musique de toutes les pièces à spectacle, conduit fort bien son orchestre, connoît bien la scène; et sait fort bien adapter les morceaux de nos premiers maîtres aux poëmes qui lui sont confiés.

L'orchestre est composée en général de très-bons musiciens; la précision et l'accord en sont parfaits.

THÉATRE DE LA GAITÉ.

Ce Spectacle a passé depuis la mort du C. Nicolet entre les mains de diverses Administrateurs ; d'abord entre celles du C. Ribié, qui y auroit pu faire fortune s'il eût eu moins d'ambition ; car on peut dire qu'il s'y connoissoit : puis après en celles du C. Coffin Rosny, qui a de l'imagination, de l'activité et de l'intelligence ; contrarié par ses associés il fut obligé de quitter. Il passa ensuite aux CC. Hus et Noël : le premier, petite tête et pauvre d'esprit ; le second, meilleur architecte, sachant mieux tirer le plan d'une maison que d'une pièce qu'il vouloit se mêler de faire : il étoit directeur et il s'est fait jouer ; mais il doit savoir combien il lui en a coûté. Enfin, aujourd'hui administré par les CC.

Brogniard, Limonadier du café dudit spectacle, qui devroit plutôt se tenir à son état ; Martin ci-devant directeur à Rouen, qui a l'intelligence de son métier : et Rosny (Coffin) qui vient de remplacer tout récemment le C. Hus ; depuis sa rentrée à ce spectacle il sembloit vouloir prendre un nouvel essor ; mais on a jamais vu associés s'entendre si mal, il y faudroit un Directeur seul, et maître de suivre son imagination et l'ordre qu'il fauroit remettre à ce Théâtre, et en écarter sur-tout les êtres inutiles qui l'entoure, le déshonore, et le remonter sur le ton et la décence de la bonne société, et rivaliser enfin, par la bonté des ouvrages, l'exécution et la bonne administration avec son digne voisin.

Elisa ou *Le Triomphe des Femmes*, mélodrame en trois actes, du C. Coffin Rosny, est une des pièces la mieux soignée à ce théâtre, les combats sont bien exécutés et les ballets sur-tout bien montés ; le style en est pur et agréable ; il auroit été à souhaiter que la Sorcière, pour satisfaire l'œil du public, eût un autre secret pour rendre sur-le-champ la beauté à Elisa, comme elle la lui avoit retirée.

Les Deux Nuits, opéra vaudeville en deux actes, des CC. Beraud et Coffin-Rosny ; si les effets n'en sont pas neufs, ils sont au moins bien amenés et cousus à la pièce ; on y remarque de l'originalité et de la gaîté ; elle répond au titre de ce spectacle, dont on ne devroit pas s'écarter.

Le Coutelier breveté, de la Société Dramatico-Littéraire, comédie en un acte, avec un supplément du C. Hector Chaussier, cette mistification est fort bien traitée ; l'auteur a bien saisi le caractère de son héros, son génie est d'une bonne trempe, car il a su trancher les difficultés, en mettant en scène la présomption d'un homme, sans le blesser, qui se croit inventeur d'une chose qu'il a, plus qu'un autre, perfectionnée, et qui demande pour cela un brevet : le C. Hector auroit dû saisir cette occasion pour appuyer sur l'ineptie et le ridicule de ces Sociétés soi-disant savantes, qui en accorde tant si légèrement.

Othalbano, mélo-drame, en trois actes, du C. Pessey Le dialogue en est un peu verbeux, c'est le défaut ordinaire des jeunes auteurs; mais la scène, au second acte, où *Raoul* et *Othalbano* sont en présence, est savante et neuve.

La Nouvelle Eve, vaudeville. Un C. Legris, voulant faire le bel-esprit, a voulu le faire éclater en se mêlant d'être aussi auteur, mais il lui falloit un sujet, il en a fabriqué un sur un titre qui n'y a aucun rapport, et s'est associé pour cela le C. Jaure, qui, sans contredit, et d'après la gaîté et l'esprit qu'on lui connoît, en a fait sans-doute les plus jolis couplets et le commencement en dialogue, car la fin en est pitoyable : c'est une différence bien sensible. Nous conseillons au C. Jaure, qui annonce de la capacité, de s'adjoindre à un meilleur collaborateur, et il sera sûr de réusssir.

Le Moine, mélodrame, remis en trois actes, du C. Camaille St.-Aubin. L'auteur a bien fait de le couper, ainsi le second acte en est toujours fort intéressant et bien joué : la scène de l'enfer de Milton qu'on a r'ajoutée, termine bien mieux cette pièce.

Les Prestiges, pantomime, maintenant, *Zamire et Zohi*, mélodrame, en quatre actes, est fraîchement montée ; le dialogne est sans prétention, et semble n'être fait que pour indiquer, ce qu'on ne pouvoit pas comprendre lorsque cette pièce étoit en pantomime : elle est du C. Hector Chaussier.

Les Deux Croisées, vaudeville, joué jadis au Baujolois, remis et arrangé par les citoyens Roussel et Valcourt, est fort jolie et bien jouée à ce théâtre.

Longino, comédie en un acte. Cette petite pièce eût été mieux reçue si on avoit tiré un autre parti de son titre.

Les Artistes Rivales, vaudeville, en un acte, des citoyens Hector Chaussier et Bizet, est un des plus joli vaudeville donné à ce théâtre. Mademoiselle Julie y excèle en grace et finesse.

Bizarre, parodie, en un acte, des CC. Bonnel, Jaure et Villiers, est semée de charmans couplets, sur-tout ceux aux louanges de Blasius et Mlle Duchesnois.

Ima, mélodrame, en trois actes, du C. Camaille, est agréable et bien monté, les décors en sont beaux, les costumes très-frais, les balets très-jolis et bien dessinés, par le C. Ledet; la musique bien adopté par le C. Drenilh : ce jeune compositeur, chef de l'orchestre, a du mérite, il pourra un jour compter parmi nos meilleurs musiciens. Le style de cet ouvrage est un peu emphâsé, mais les maximes en sont bonnes et morales; l'auteur, qui joue le vertueux Amon, les a puisés dans le roman d'Atala, qui est copié mot pour mot, malgré quelques invraisemsemblances. Au premier acte, cette pièce fait plaisir.

Philippe d'Alsace, mélodrame en trois actes, du C. Levasseur. Ce premier coup d'essai de l'auteur annonce de l'érudition et de la capacité ; mais il faut qu'il travaille à mieux connoître la scène, et qu'il paroisse moins enthousiasmé de se faire jouer, et sur-tout plus modeste.

Le premier acte en est fort bien tracé et agréable ; mais le deuxième et le troisième sont de la plus grande infériorité ; les caractères peu soutenus et changés trop subitement. Le rôle d'Ernestide est celui d'une servante, et non celui de la fille d'une Princesse.

Les ballets sont fort bien dessinés, sur-tout celui des tambours de basques, de la composition du C. Ledet, qui a du génie, dans lesquels danse mademoiselle Girard, qui fait chaque jour de nouveaux progrès. Le C. Ledet fils pourra faire un bon danseur. Madame Ledet, la mère, a encore de la légèreté et de la grace, et paroît être dans son printems.

Louise ou les Mœurs du Théâtre

comédie eu un acte, du C. Camaille St.-Aubin, est ce qu'a fait de mieux l'auteur, bien inspiré par ses anciennes amours qui en forment le sujet.

Le point d'honneur, opéra en un acte, du C. Rosny Coffin, musique du C. Dreuilh; cette pièce peut en faire beaucoup à l'auteur de la musique, ainsi qu'à celui du poëme; mais elle demanderoit à être mieux jouée, malgré tout le charme que peut y répandre madmoiselle Julie Pariset.

ACTEURS.

Le C. Camaille St.-Aubin, premier rôle, jouant les tyrans; la nature semble l'avoir doué de tous ses dons pour cet emploi: ses yeux surtout expriment bien ce que dit son cœur.

Cazot, jeune premier; ce jeune homme n'est pas sans mérite, il a l'organe agréable, il est doué d'un physique avantageux, mais il devroit se défaire de se tenir le col si roîde, ce qui nuit au jeu de sa figure.

Le C. Melchior : ce jeune homme commençant, a de la tenue en scène : il paroît vouloir faire quelque chose, il auroit dû pour cela, se mettre à une meilleure école.

Marty ; cet acteur a un bel organe, il a tout ce qu'il faut pour faire un comédien, mais il faut qu'il travaille. Dans les parodies il saisit bien les défauts de ses camarades ; mais il devroit aussi se corriger des siens.

Rivière ; cet acteur a beaucoup d'âme, mais il devroit s'abstenir de crier, en modulant son organe il dira bien mieux.

Genest, vieux routier en comédie, cidevant à la Cité, où il a fait toujours plaisir.

Le C. Camel, comique, a tout ce

qu'il faut pour faire un comédien, jeunesse, gaîté et diction; mais il est un peu paillasse du boulevard dans ses rôles : il n'est plus au Théâtre sans Prétention.

ACTRICES.

Julie Pariset. Il est domage que la figure ne réponde pas à la grace et à la tournure de cette aimable actrice, c'est un sujet précieux pour une administration, elle joue les premiers rôles dans la pantomime, et les soubrettes dans la comédie et vaudevilles ; le tout avec finesse et intelligence.

Madame Belleavoine a pu avoir quelques succès dans les pièces de l'ancien répertoire qu'elle joue depuis quinze à vingt ans ; mais on peut lui conseiller de s'y tenir sans vouloir prétendre briller dans le mélodrame.

Mademoiselle André, jeune première ; cet actrice est bonne musicienne ; mais elle a peu de moyens et possède un physique mort et insignifiant.

Mademoiselle Joigny , duegne , remplit cet emploi avec intelligence , elle a de la vérité et saisit bien les caricatures.

Madame Cava. Cette actrice qui joue lesReines , est remplie de prétention au talent, sans y parvenir depuis qu'elle joue ; on la dit cependant , bonne musicienne.

Mademoiselle Savigny , ingénuité , elle a le caractère de son emploi.

Mademoiselle Ledet , jeune première , fort jolie , douée d'une voix agréable , ayant le jeu aisé et naturel , elle peut faire un jour un sujet fort agréable pour un de nos grands théâtres.

THEATRE
DES JEUNES ARTISTES.

Ce théâtre, depuis sa nouvelle administration, ne peut que faire honneur à ceux qui l'administrent : les Citoyens Foignet, père et fils, et Leroi, tant par le choix des ouvrages que par la bonne tenue qui y règne, et dont le C. Gazier, Régisseur, ci-devant chez Lazari, partage les soins. Les Opéras y sont principalement soignés. Ce spectacle est un débouché pour les jeunes acteurs auteurs, où ils peuvent s'essayer avant que d'être reçus à nos grands théâtres. On peut y citer :

La Pension des jeunes Demoiselles, de feu Patrat, musique d'Alexandre Picini. Ce jeune musicien marche sur les traces de son père : puisse-t-il un jour l'égaler !

La Pension des jeunes Garçons, du C. Dubois.

Les Quatre Femmes pour une, du C. Dubois.

Il ne faut pas condamner sans entendre, de feu Patrat.

Le Télégraphe d'Amour, des Citoyens Henrion et Servieres. Ce dernier ne travaille plus maintenant, et il a tort, car personne comme lui ne montroit de dispositions.

Le Chat botté, mélodrame, en quatre actes, du C. Cuvilier; cette pièce ressemble malheureusement à beaucoup d'autres de son auteur, qui auroit pu mieux tirer parti des aventures du Marquis de Carabas.

Le petit Poucet. Cette pièce ne pouvoit mieux convenir, par son titre, qu'à ce théâtre, où elle sera toujours recue avec plaisir. Elle est des citoyens Cuvilier et Hapdé ; ce dernier, auteur d'une douzaine de petits ouvrages donnés à ce théâtre, il y a trois ans, ne met plus rien au jour ; sans doute que ne voulant plus abuser de sa facilité, il travaille maintenant plus murement : ce dont le public lui saura gré.

Riquet à la houpe, mélodrame féerie, auteur anonyme, musique de Foignet, fils, tiré des contes bleues, a eu le plus brillant succès, tant par la musique que par la gaîté qui est répandue dans tout le poëme.

ACTEURS.

Le citoyen Monrose : ce jeune homme est bien précoce pour son âge ; s'il continue, on pourra le citer comme Préville, Dugazon, et nos meilleurs comiques.

Le C. Foignet fils, est bon musicien, mais peu comédien, il fait cependant plaisir.

Le C. Thénard annonçoit, étant plus jeune, infiniment plus de dispositions; il devient froid et monotonne : l'emploi des tirans qu'il veut jouer, ne lui convient pas, il est trop mou et n'en a pas le caractère mâle qui y convient.

Le C. Liez tient assez bien les caricatures, mais il devroit soigner davantage sa diction et se tenir décemment en scène.

Le C. Bisson, jouant les comiques, n'est pas du tout plaisant dans ses rôles, malgré qu'il s'efforce de vouloir l'être.

Mademoiselle Martin : cette jeune personne semble avoir perdu depuis deux ans, de sa voix et de son jeu : elle a beaucoup d'intelligence, et quelques années de province en feroit un sujet excellent, car il y a si long tems qu'elle est attachée à ce théâtre qu'elle semble y vieillir.

Laurenzetti ; cette bonne cantatrice est musicienne, et pour en faire une actrice, il lui faut plus d'habitude de la scène, et sur-tout un bon maître qui lui enseigne sa langue et lui donne du maintien.

Mademoiselle Lainez, jouant les duegnes : cette actrice a une superbe voix et le jeu facile : elle fera toujours plaisir par-tout où elle sera vue et entendue.

Mademoisélle Amélie, élève du C. Corlange, a de la voix et du jeu : elle pourra faire par la suite un sujet précieux.

Mais nous devons conseiller à ces aimables enfans de Thalie, l'espoir de nos grands théâtres, de se méfier des louanges et des applaudissemens qu'on leur prodigue en faveur de leur grande jeunesse, dès que la présomption s'en empare, ils ne travaillent plus, et dans un âge plus avancé ils ne sont que très-médiocres : plusieurs sujets de ce ce théâtre peuvent en fournir l'exemple.

THEATRE

DES JEUNES ELEVES.

Rue de Thionville et Boulevard du Temple.

Depuis long-tems la salle du théâtre des Délassemens n'étoit pas heureuse en directeurs ni artistes. On y a successivement joué la tragédie, le mélodrame, la pantomime; même des sauteurs voltigeurs y ont fait leurs exercices. Enfin, le C. Belfort, directeur des Jeunes Elèves, rue de Thionville, ne voulant pas priver la Capitale, comme il l'a fait les précédens étés, de ses élèves, dont le public sait apprécier le talent et l'ensemble qui y règne, a loué la dite salle, où il compte jouer dans cette saison sans interruption, et concurremment l'hiver dans celle de la rue de Thionville, après l'avoirrendue aussi commode pour les spectateurs qu'il a été de son pouvoir. On ne peut que louer le C. Belfort de la tenue et de la propreté de ses enfans, de leur jeu, de la décence qu'ils y apportent, et de la mise de quelques jolis ouvrages de nos anciens auteurs.

Les trois Sultannes, ornée de charmants ballets.

La Fée Urgèle, ou *ce qui plaît aux Dames.* Il est admirable de voir des enfans aussi bien tenus, aussi soumis à leur instituteur. Le devoir se fait avec aménité, seul moyen de rendre la jeunesse attentive aux conseils qu'on lui donne.

ACTEURS.

Le C. Grévin a bien fait de quitter l'emploi des Gilles, qu'il remplissoit aux Jeunes Artistes, pour prendre celui des amoureux aux Jeunes Elèves ; il a un physique agréable, de la douceur dans les organes, ce qui lui donne le ton aimable qui convient à son emploi.

Le C. Ozanne, premier rôle, marque les dispositions les plus heureuses : il fera un bon comédien par la suite.

Mademoiselle Adèle : cette jeune personne promet beaucoup, son talent est même au-dessus des louanges, elle a la voix douce et agréable ; elle est douée d'une sensibilité et d'une ame qui ne peuvent que lui faire continuer les applaudissemens qu'elle reçoit journellement du public.

Mademoiselle Cuisot, élève du Conservatoire, est douée d'un charmant physique et d'une voix fraîche et agréable ; mais elle pêche souvent par le défaut d'habitude de la scène; en suivant les sages avis de son instituteur, le C. Chazel, attaché, depuis peu, à ce théâtre, en cette qualité, elle pourra par la suite faire un sujet précieux, ayant sut-tout de si belles dispositions.

Mademoiselle Boulogne, jouant les duegnes, a de la vérité, remplit fort bien les caricatures; elle pourra, par la suite, remplacer les Gonthier, les Verteuil, etc.; mais il faut qu'elle travaille dans cet emploi, qui, plus que tout autre, lui convient.

THEATRE DES ELEVES DRAMATIQUES,

Au Théâtre Mareux.

Deux théâtres d'élèves suffisoient : falloit-il en voir élever un troisième? nous devons cela à une querelle entre le C. Belfort et Volmerange : chacun a eu pour partisans des élèves ; et la sépération entre ces deux directeurs, tenant le spectacle de la rue de Thionville, a été complette, et cet ensemble parfait a été bientôt rompu. Le C. Volmérange a enlevé, au C. Belfort, le petit Tourin et Roussel, dont l'agréable jeu a attiré plus d'une fois le public, et quelques autres dont le mérite étoit connu, et qui composent maintenant ce théâtre, qui surpasse en talens celui de la rue de Thionville ; on y joue principalement le vaudeville et la comédie de nos meilleurs auteurs. *L'Enfant caché, ou le Secret gardé par trois Femmes*, du C. Gasbiot, ne cède en rien à ses autres productions.

Le Difficultueux, du C. Rousseau. Cette petite comédie confirme le mérite de son auteur, qui a sut vaincre les difficultés qu'on éprouve souvent à plaire au public. Le petit Roussel y fait grand plaisir, dans le rôle du Difficultueux.

Malgré le quartier ingrat où ils sont placés, ils attirent encore le public des quartiers éloignés, qui sait gré aux administrateurs de leur sage administration et de leurs soins à faire valoir de si bons élèves.

THEATRE SANS PRETENTION.

Ce spectacle, aussi modeste que son titre, dont le directeur est à-la-fois auteur, acteur, décorateur, costumier, allumeur, etc. tous ces titres ne peuvent que lui faire honneur, et prouvent un homme économe et laborieux; il joue assez bien les ivrognes, il ne l'est cependant pas; car il vit avec une grande économie, et n'en tient que mieux ses engagemens; mais il a, dans son genre, un amour-propre très-grand et déplacé; ses ouvrages sont les seuls bons, il les fait comme pour lui: aussi voit-on sur ses affiches: *(Ceux qui désireront les Ouvrages du C. Prévot, s'adresseront aux ouvreuses de loges)* Il en est au moins à sa quarantième pièce, qu'il fait toutes imprimer; Molière n'aura pas laissé un théâtre plus conséquent : chacun a sa folie, il est souverain chez lui ; tous les Artistes lui sont soumis et subordonnés ; aucun emploi n'est reconnu ; comme lui ils doivent faire tout ; à quoi ils ne peuvent se refuser, puisque mieux que par-tout ailleurs ils leur paye exactement leur décade.

Ce spectacle n'est pas cher, et par cela utile à la classe peu instruite et indigente, qui y va rire à peu de frais.

THÉATRE DU MARAIS.

Ce théâtre fut dans l'origine bien composé en Artistes, on y comptoit les citoyens Baptiste ainé et cadet; plusieurs ouvrages y ont été joués avec succès, tels que la Mère coupable, Robert, etc. il a été depuis long-tems sous la direction du citoyen Gouraincourt, qui fait de ses mêmes farces maintenant au théâtre de Molière, petit homme sans moyens et connoissances. Il survenoit (comme dans Cadet Roussel) des acteurs de manque, les rôles se lisoient quelquefois à la main, un acteur ne vouloit pas jouer parce qu'il n'avoit ni le cachet, ni les costumes promis; enfin, c'étoit une autre comédie derrière le rideau lorsqu'il s'agissoit de commencer: pour quatre sols, avec un billet de supplément, l'on alloit au spectacle: aussi n'y étoit-on pas difficile en pièces et acteurs.

Cependant la salle en est vaste et jolie, et mérite d'autres administrateurs, pièces et artistes. Elle est aujourd'hui ocuppée par ceux qui viennent de quitter la Cité, et a pour titre : les *Variétés étrangères*. Nous conseillons à cette troupe, parmi laquelle il y a quelques talens, de la mieux faire valoir que ses prédécesseurs.

AUTEURS DU JOUR.

A.

Année, auteur de quelques pièces aux Italiens et au Vaudeville, où il a eu plus d'un succès.

Aude, à qui les Cadet Roussel doivent leur gloire, s'est illustré encore en nous donnant Madame Angot, à l'Ambigu. Cet auteur a cependant les moyens de travailler dans un meilleur genre, on n'oubliera jamais de lui J. J. Rousseau au Paraclet, la Paix, et autres comédies en vers.

B.

Bizet a fait quelques parodies, hilarodies et vaudevilles avec Hector Chaussier, dont les meilleurs couplets étoient particulièrement de lui.

Béraud, auteur froid, ayant cependant de l'érudition.

Bourgueil, aimable auteur du Vaudeville.

Barré, le nommer c'est faire son éloge.

Boulaud, pauvre auteur en tout.

Bonel, auteur en méchanceté, qui ne manque pas d'esprit, qui s'en sert souvent fort mal; aussi saisit-il tout ce qui peut l'exercer, sur-tout dans les parodies; mais il sait la couvrir par de charmans couplets.

C.

Camaille-St.-Aubin, le style de ses pièces est aussi extravagant que sa tête.

Cuvilier, auteur de pantomimes, sa réputation est faite en ce genre: il faut lui accorder du génie et sur-tout une grande habitude de la scène; l'administration du théâtre de la porte S. Martin auroit dû se l'attacher pour monter ses ouvrages et ils auroient plus de succès, car les acteurs accoutumés au grand répertoire ne se doutent aucunement du mélodrame et de la pantomime, genre qu'ils veulent jouer.

CHARLEMAGNE : nous devons à cet auteur quelques charmantes comédies en vers; il les fait très-bien.

COUPART : auteur de quelques vaudevilles aux jeunes Artistes, joués avec succès; mais il n'en a pas eu encore d'assez grands pour se permettre de juger les autres : heureusement que les analises qu'il fournit au Journal d'Indications sont fort sages; mais il ne voile pas assez le petit foible qu'il a pour le théâtre de la Cité, où brille.... Mais taisons-nous.

D.

DORVIGNY : cet auteur est sans

contredit celui qui a fourni plus de pièces au théâtre ; il en produit encore d'agréables ; mais on y remarque qu'il y a toujours un repas et du vin sur jeu ; c'est une petite foiblesse qu'il faut lui pardonner : peut-on trop parler de ce qui fait notre jouissance et notre consolation ! Il est au fond aussi estimable par son talent que par sa moralité.

DORVO : aucun auteur fait aussi facilement des vers ; mais il ne connoît pas la scène, et ne réussit que foiblement.

DELRIEUX : auteur de diverses comédies jouées à nos grands théâtres, où il mérite d'être reçu.

DESRIAUX : après Démophon qu'a-t-il fait ?

DEROUGEMONT : ce jeune homme a des moyens de bien faire, les ouvrages qu'il a donnés jusqu'à présent le prouve : on le dit un

peu

peu paresseux ; c'est vraiment dommage.

DUVAL (Georges) : ce jeune auteur se sert souvent de la plume de Guillemain et des mots de Vadé pour composer ses petites pièces, où brille toujours Brunet ; car sans lui que deviendroient-elles ?

DUVAL : auteur de diverses comédies jouées avec succès à la République et aux Italiens.

E.

ETIENNE : auteur de quelques jolis vaudevilles aux Troubadours : fait bien le couplet.

ERNEST : jeune auteur venant tout récemment de débuter dans la carrière, aux Jeunes Artistes, annonce des dispositions ; mais il est trop verbeux : défaut naturel des jeunes gens.

F.

FABRE-D'ÉGLANTINE : (pour celui-là il faut le pleurer.....)

FRANCISQUE : auteur de quelques vaudevilles joués aux Troubadours : il n'est pas sans mérite.

FÉRU (Charles) : ce jeune auteur tourne fort bien un couplet aux dames, qui lui en savent gré.

G.

GUIBERT-PEXERECOURT : le mélodramiste à la mode : il a un talent particulier pour se faire jouer et plaire au public ; mais son regne peut passer.

GILBERT : auteur d'un mélodrame joué chez Audinot, le château de Torento, qui a eu un foible succès.

GASSIER : auteur de l'amant hermite, de Joseph et autres, jouées aux boulevards : il est domage qu'il ne donne plus rien.

GABIOT : aimable auteur de différentes pièces jouées jadis chez Audinot et aux Baujolois avec succès, n'est plus celui du jour ; cependant il est encore en état de bien faire : Directeurs mettez-le à même de le prouver.

H.

HAPDÉ : ce jeune homme a abusé de sa facilité, et il a jeté trop tôt son premier feu.

HENRION : malgré toute l'envie qu'a cet auteur de faire parler de lui, il n'a pu encore avoir un succès complet, pas même aux Jeunes Artistes. Les chansonniers et les pamphlets font seuls sa réputation : on peut juger combien elle est grande. C'est un vrai bavard en littérature.

HENRIQUEZ : auteur du Chaudronnier de Saint-Flour, et autres pièces, a eu et peut avoir encore des succès.

HECTOR-CHAUSSIER : cet auteur est aussi intrépide à faire des pièces qu'à vouloir les faire jouer : tous les sujets sont les siens, parce qu'il avoit idée de les traiter : c'est une manie. Il n'est pas sans érudition ni esprit.

HENNEQUIN : s'est fait jouer à l'Ambigu : il est le secrétaire de l'Administration.....

L.

LEROY : ce jeune auteur a de l'érudition, ses ouvrages ont le cachet de la sensibilité ; on peut en juger par Arlequin au village et Fanny, la Femme romanesque.

LECOMTE : auteur de deux ou trois arsouillades au théâtre de la gaîté (quel genre !)

LEMAIRE : petit génie, foible succès.

LEGROS d'Anizy : il est bien de son pays.

LEGROS : auteur de la fausse correspondance et du calcul de la vie, a du mérite.

M.

MARTAINVILLE : cet auteur annonçoit de la facilité et devoir aller plus loin ; mais il est devenu épigrammatique, et ne fait plus rien d'aimable.

MORAS : charmant auteur de vaudeville ; il pourra un jour compter parmi nos meilleurs chansonniers.

MOREL : ce jeune homme collaborateur de quelques vaudevillistes des Troubadours y a réussi.

MARTY : auteur de quelques pièces aux Jeunes Artistes, qui toutes ont eu du succès.

MARMONT : auteur des Fureurs de l'amour, aux Jeunes Artistes, quel fureur !

MARITON : a de la finesse et de l'esprit ; mais il n'est pas heureux en sujet.

N.

NANTEUIL : a été collaborateur de quelques vaudevilles joués aux Troubadours.

Noel : auteur de la Bergère de Salus, de Huon de Bordeaux : je crois qu'il y a renoncé.

O.

Ondebert : à la fois auteur, acteur et souffleur, à la Gaîté, n'est pas sans intelligence pour ses deux derniers emplois, quant aux premier qu'il y renonce pour sa santé ; car il pourroit trop l'altérer.

P.

Pompigny : cet auteur a si fort ramoné son esprit, qu'il ne lui en reste plus.

Perrin Réné : ce jeune auteur a fait quelques pièces à spectacle, le Moine avec camaille, Alberti ou la main de fer, l'Amour et les Arts en 1 acte, en vers : il a des moyens et de l'érudition ; mais le caractère un peu noir.

Prévost (voyez l'article sans prétention.)

R.

Rémond : auteur de quelques pièces jouées aux Jeunes Elèves, il est vieux, on dit qu'il a mieux fait lorsqu'il étoit jadis aux Baujolois.

Rousseau (le bègue) : cet auteur a autant de difficultés à bien écrire qu'il en a à parler.

S.

Severin a fait quelques jolis vaudevilles et comédies.

Servières : auteur de quelques jolis vaudevilles joués aux Troubadours et chez la Montansier ; ce jeune homme a une facilité étonnante pour tourner un couplet; on peut citer sa Roulette.

Saint-Brice : auteur de Thalie aux boulevards, de la Double Epreuve, du Trésor; tous ses couplets ont le caractère de l'amabilité et du génie.

Saint-Firmin : nous lui devons quelques vaudevilles agréables.

Saint-Charles ; jadis si fécond en productions, se repose sans doute sur ses lauriers.

Simonin : auteur de quelques pièces au théâtre Sans Prétention ; ses ouvrages le sont bien.

T.

Théogate Loisel : cet auteur est aussi estimable qu'il a de talens ; on n'écrit pas aussi purement, et on ne peut connoître mieux que lui la scène ; méprisant les intrigues de coulisses : il a de la peine à se faire jouer ; il aura sans doute un jour son tour, car plus qu'un autre il le mérite.

Thuringue : auteur d'Abelino, à Molière ; Zelica, à la Gaîté ; pièces à spectacle : on lui donne du mérite, sachant traduire diverses langues; devroit-il au moins connoître la sienne, ou les acteurs qui le jouent.

V.

Valcourt : auteur d'Echert, du Couronnement d'Esther et autres petites productions, veut marcher aujourd'hui sur les traces de Guibert Pexerecourt, et le rivaliser, je doute qu'il y réussise.

Volmérange, auteur du mariage des Capucins, et autres petites productions, a du mérite; son mariage le prouve.

Villiers : cet auteur s'associe toujours des collaborateurs, il a de l'esprit, souvent un peu satirique; aussi ses pièces se ressentent-elles un peu des rapsodies : cependant il juge fort bien un ouvrage, et en saisit avec facilité les défauts; aussi est-il un de nos parodistes modernes.

DECORATEURS
ET COSTUMIERS.

Le C. Munick père, peintre-décorateur, demeurant rue des Filles-du-Calvaire, travaille particulièrement pour les Italiens, Feydeau, Montansier; il a fait tous les décors que l'on admiroit chez Audinot, dans les pièces du Diable et de l'Enfant du malheur. Il connoît la scène et ses effets mieux qu'aucun de son art.

Le C. Munick fils ne cède en rien aux talens de son père, et particulièrement pour le décors des appartemens et palais : il vient d'arranger tout récemment Saint-Cloud.

Le C. Doyen, peintre-décorateur; cet artiste auroit pu devenir célèbre dans son art, s'il l'eût cultivé plutôt que de faire jouer la comédie, où il n'a pas fait fortune.

Albany, élève de Munick, peintre-décorateur; ce jeune homme pourra faire un bon artiste en ce genre; il a de l'effet et de l'imagination.

Boucher, dessinateur, compositeur de costumes, a du talent en ce genre: il faut pour cet état avoir lu nos anciens auteurs pour connoître les vêtemens dont se couvroient, en différens tems, les peuples de l'univers. Il joint à cette théorie la pratique.

Babin, costumier, rue du Temple, il est en renom pour les Sociétés bourgeoises et les petites administrations pauvres en magasin; il est un peu cher, mais il éprouve souvent des banqueroutes de ses directeurs et acteurs ambulans qui font à peine pour les bouts de chandelles, il faut bien que l'un compense l'autre. Son magasin est beau et assorti tant pour la comédie que pour les bals.

Nadé, costumier, faubourg du Temple, celui-ci a de la réputation pour les dominos et habillemens de bals : ses costumes sont frais et recherchés. Il est un peu cher, mais on est sûr d'être bien servi : l'argent des plaisirs coûte bien peu à dépenser !

SUR LES SPECTACLES.

A bien calculer les affiches le dimanche, on en compte au moins vingt ; ce qui prouve que depuis la révolution le goût du spectacle est venu au peuple, qui, laissant là le cabaret et les autres plaisirs, s'y livre tout entier ; soit pour se distraire de ses chagrins domestiques, ou pour s'instruire ; car il n'est plus dans cet ignorance où il étoit plongé dans l'ancien régime ; il raisonne maintenant, il discute, il compare les beaux traits d'histoire qu'on lui représente sur la scène aux événemens dont il vient d'être témoin depuis dix ans ; il fait des allusions aux personnages les plus marquans, et apprend à les apprécier. Pour vous en convaincre, allez les lundis dans les ateliers, chacun s'entretient de la pièce qu'il a vu la veille, des passages qui lui ont fait plaisir, du charme des ballets, des décors, des costumes : se promet d'y retourner ; et pendant ce tems il ne se livre pas à l'ivrognerie et à d'autres vices aussi honteux que coupables. J'en conclus donc que la réduction n'en est pas nécessaire, mais bien la stricte surveillance sur le choix des ouvrages qu'on y représentent ; sur la moralité et la solvabilité des entrepreneurs, afin que le public ne souffre jamais, soit de leur faute de prévoyance, ou de leurs soins à remplir leurs engagemens envers leurs sujets. Cette réduction devroit seule tomber sur un grand nombre de théâtres soi-disant bourgeois, où l'on paie cependant quelques petites rétributions en entrant, pour les frais qui ne rapportent rien au gouvernement, et qui ne sert qu'à mettre sa surveillance en allarmes, par une localité peu convenable, et qui doit faire craindre pour la sureté publique : il y en a même dans des greniers et dans des caves situés dans les rues les plus étroites. A quoi servent-ils ? à satisfaire la cupidité d'un propriétaire qui veut en tirer un fort loyer, à alimenter le vice et la paresse. Le commis marchand, l'ouvrier, qui, pour remplir un rôle le dimanche, est obligé de perdre une journée ou deux pour venir aux répétitions, se distrait de l'aptitude qu'il doit avoir pour son ouvrage, pour apprendre ses rôles : qu'il ne sait souvent pas même lire..... Qu'ils laissent cette occupation à ceux qui en font leurs états ; à ceux que la nature semble avoir disposés pour cela, et doués de tous ses dons pour un art auquel une éducation soignée doit être nécessaire, et sans laquelle on ne peut véritablement parvenir.

Sur le choix des Ouvrages.

Instruire, amuser, intéresser, sans blesser les mœurs et la décence ; voilà ce que doit considérer un Directeur de spectacles dans le choix des ouvrages qu'il veut offrir au public ; la plupart ne veulent que l'éblouir : ils y perdent ; car dès qu'il s'en apperçoit, il n'y retourne plus, et il est difficile après de se rétablir sa confiance ; on peut charmer sans charlatannerie, se faire valoir sans emphâse sur les affiches ; la pièce sur l'énoncé le plus modeste, quand elle est bonne, bien jouée, et bien montée, attire beaucoup mieux ; qu'il ne sacrifie pas les scènes à l'envie à la jalousie, aux esprits de parti ; les premières recettes en sont bonnes, mais les autres en font bientôt repentir.

Réception des Auteurs.

Malheureusement jusqu'à ce jour l'auteur modeste et ignoré a trouvé peu d'accès dans les administrations de théâtre ; cependant avec du mérite présente-t-il un ouvrage, on lui fait faire antichambre pendant deux heures ; à peine le regarde-t-on, jusqu'au moment où on l'introduit chez le Régisseur, occupé à faire quelques injustices à un comédien, ou à favoriser une de ses protégées ignorante au détriment d'une actrice consommée, en lui donnant son manuscrit : ce factotum, ordinairement grossier personnage, lui demande son nom, qui lui paroît inconnu, et de là il juge que la pièce est mauvaise : laissez-la moi, et repassez à la fin de la semaine ; il repasse, point de réponse ; c'est pour l'autre ; il revient, c'est pour l'autre encore : notre Régisseur si souvent importuné se décide à la soumettre à la censure d'un acteur qui est dans ses intérêts, et souvent un des moins distingués ; car les meilleurs sujets n'aiment pas à se mêler des coteries d'administrations : notre censeur ne trouve pas un beau rôle pour lui, et met l'ouvrage au rebut, qui est rendu à notre pauvre auteur, souvent avec des notes très-insultantes, et qui décèle leur ignorance et leur peu de jugement.

Mais arrive-t-il un stuberlu présenter une pièce à spectacle, dont il a pillé les situations ; un vaudeville dont les couplets ne sont pas de lui ; ne connoissant aucun obstacle, il entre précipitamment dans le cabinet du Régisseur, et dis en lui prenant la main : mon ami, je veux faire la fortune de votre spectacle, comment cela donc.... avec la pièce que je vous apporte; c'est divin; elle fera courir tout Paris; mais avez-vous déjeuné; descendons au café, je vous en lirai quelques fragmens, et vous en jugerez: on y descend et l'on y trouve quelques acteurs, auxquels on destine des rôles ; on les fait bien déjeuner; un bole de punch est même nécessaire pour mieux les disposer en notre faveur : notre étourdi leur récite les meilleurs passages ; on trouve cela charmant, et la pièce est acceptée d'emblée ; mais à la representation, le public, à qui l'auteur n'a pas payé à déjeuné ni de punch, voyant la pièce pêcher par l'intrigue et le dénouement, la sifle; les uns sont des cabaleurs; les autres ne s'y connoissent pas, dit notre impudent, et va en faire autant à un autre théâtre où il n'est pas plus heureux : c'est ainsi que plusieurs perdent un tems précieux à monter des ouvrages de pareils ignorans, faute de savoir apprécier le vrai talent, et d'avoir pour lui les égards qui lui conviennent.

Sur les Acteurs.

Cet état jadis condamnable et exclu de la société, s'y reproduit aujourd'hui avec toute la noblesse et l'estime qui lui est convenable, et qu'il mérite ; dans un siècle de philosophie comme celui où nous entrons, on doit éloigner le préjugé, et ne voir que l'artiste, sa moralité et son talent, l'estimer pour l'un et le chérir pour l'autre. Combien en est-il que nous possédons qui le mérite ? Les acteurs qui ont véritablement l'amour de leur art, ne peuvent dégrader le nom d'artistes et dignes enfans de la société ; et c'est à tort qu'on a voulu les en exclure, mais bien honte et déshoneur à ces subalternes de spectacles, qui se disent plus que tous autres artistes, et que leurs mœurs et vies dépravées, déshonorent publiquement et journellement ce beau titre ; ces êtres parasites font ordinairement leur séjour habituel dans les cafés qui entourent leur spectacle, ou il faut les arracher des billards, pour les faire venir à leur devoir ; les répétitions se manquent, les pièces nouvelles se retardent, les recettes baissent, et la fin du mois arrive, le paiement est reculé, l'on crie après le directeur hautement dans les cafés, on le traite de fripon, de coquin, le public le croit, le spectacle se discrédite et est obligé de fermer.

Mais il faut dire, à la louange de beaucoup, qu'il y en a qui ont vraiment l'amour de leur état, que leurs momens et loisirs ne sont employés qu'à travailler, qu'à étudier leurs rôles, et s'ils viennent un instant, avant de s'habiller, au café du spectacle, c'est pour s'y accoster d'hommes honnêtes, qu'ils consultent sur la manière dont ils ont rendus ou pris tels rôles, et dont ils goûtent les conseils et les suivent souvent avec plaisir, et prendre avec eux sans orgie, ni tapage, ni querelles, des plaisirs avoués par l'honnêteté pour les distraire d'un pénible travail, et ces sujets là sont seuls capables de faire fructifier et considérer une entreprise.

Sur les Recettes.

Cet objet le plus essentiel, puisqu'il fait tenir ou manquer les engagemens que font les directeurs, doit être par eux bien observé; car il s'y fait, malgré toute leur surveillance, bien des tripotages, et s'y glisse bien des abus par les contrôleurs, aux portes, qui vendent les contremarques aux commissionnaires, ou font entrer sous divers prétextes. Pour y remédier, les spectacles devroient, à neuf heures, faire payer moitié du billet; à dix, le tiers, en en ayant de préparés à cet effet; ce moyen seroit utile et commode pour ceux que leurs affaires retiennent jusqu'à cette heure, et qui balancent de prendre un billet entier pour ne plus voir qu'une pièce ; et profitable pour les théâtres peu fréquentés dans la semaine.

Sur les Directeurs.

1°. Pour être directeur d'un spectacle, il faut avoir beaucoup d'intelligence, une bonne réputation, du crédit, ou beaucoup d'argent : c'est que malheureusement la plupart qui prennent des entreprises de ce genre, n'ont rien de tout cela, et finissent par se retirer redevables envers tous leurs artistes et fournisseurs : nous en avons vu plusieurs exemples jusqu'à ce jour ; souvent ils compromettent les fonds de ceux qui ont bien voulu en mettre dans leur affaire : cependant, ces sortes de bailleurs ne se trouvent pas aisément, car les capitalistes savent mieux aujourd'hui faire valoir leur argent, qu'ils regarderoient comme perdu entre les mains de certains. Il en est cependant qui font honneur à leurs engagemens, et on pourroit en citer, ce qu'on se dispensera ici, car il n'est personne qui ne leur rende cette justice. Pour obvier à ses désagrémens, on avoit parlé de faire donner, à chacun d'eux, un cautionnement, en proportion de leur localité, qui auroit été versé entre les mains d'un notaire, pour répondre, pendant un an, au moins, de leurs engagemens; ce projet seroit fort à appuyer, au moins l'acteur, sûr de son paiement, se livreroit mieux à son devoir, le directeur seroit bien mieux obéi, et le public mieux servi.

2°. Ne faire aucun passe-droit à ses artistes, les tenir chacun dans leur emploi, les bien placer et faire valoir suivant leur capacité et genre dans lequel ils semblent être plus propres; ne point écouter les propos de coulisses; distinguer l'homme utile et travailleur, savoir l'encourager, le récompenser s'il le faut; se faire de tous des amis; maître sévère pour le devoir dans l'intérieur ; camarade au dehors, et l'on sera sûr de réussir.

CONCLUSIONS.

Après avoir ainsi ouïes les parties, le Tribunal, par l'organe de son président, rendit justice à la sage et raisonnée critique de notre Rossignol. Puisse, mes lecteurs, rendre en ma faveur le même jugement, et ne voir dans ma *journée de la Chaussée-d'Antin et celle du Marais*, que le desir que j'ai de rappeler à leur devoir ceux qui, comme mon Rossignol, sous l'espoir d'une existence plus heureuse, se sont livrés aux charmes d'une vie honteuse et depravée, tandis que le bonheur réside au sein de leur famille, et ne voir dans ma critique, sur les auteurs, acteurs actrices, et autres, que je n'ai voulu que conseiller ceux qui, pour se corriger, voudront en appeler à mon tribunal.

FIN.

www.ingramcontent.com/pod-product-compliance
Lightning Source LLC
LaVergne TN
LVHW020317230826
846091LV00003B/702

* 9 7 8 2 3 2 9 0 7 0 1 1 7 *